천국은 언제쯤 망가진 자들을 수거해가나

천국은 언제쯤 망가진 자들을 수거해가나

김 성 규 시 집

창비

차 례

제1부

적도로 걸어가는 남과 여

지뢰밭 가운데서
한 남자가 일직선으로 걸어가고 있었다

적도를 따라 걸어가는 중입니다
왜 적도로 가느냐고 묻자,
전쟁이 끝나 우리가 만날 수 없을 때
부서진 건물 사이를 지나
너는 왼쪽으로 걸어
나는 오른쪽으로 걸을게
서로를 찾아 헤매다 어디에서도 만날 수 없다면
적도를 향해 걸어가자

지뢰밭 가운데서
한 여자가 적도를 따라 걸어가고 있었다

수박

임신한 여자가 수박을 끌어안고 땀을 뻘뻘 흘리며 언덕을 걸어올라가고 있다 배 속에 수박만한 아이가 있는지 배는 터질 듯 부풀어오르고 노인들은 평상에 앉아 마늘을 깐다 여자가 잠시 기우뚱거린다 발을 잘못 디디면 여자는 언덕 아래로 굴러갈 것이다 차가운 수박에 맺힌 이슬이 아스팔트 바닥에 떨어진다 반쯤 쪼개진 하늘에선 태양이 빛을 내뿜는다 여자가 뒤를 돌아본다 자신이 걸어온 내리막길을 보며 땀을 닦는다 마을버스가 언덕길을 돌아 내려간다 태양을 보자 어지럼증이 인다 이마저도 조심조심 살았기 때문에 깨지지 않은 것이다 여자는 다시 언덕을 걸어올라간다 수박만한 머리통을 매단 아이들이 골목을 뛰어다닌다 여자의 등 뒤에서 피자 배달 오토바이가 따라 올라온다 골목에서 여자는 비켜선다 맞은편에서 용달차가 머리를 들이민다 오토바이가 브레이크를 잡으며 옆으로 넘어진다 뒷바퀴가 여자의 종아리를 밀자 주저앉은 여자가 수박을 놓친다 언덕 아래로 수박이 굴러내려가기 시작한다

망명자

형장으로 들어가기 전 그는 작은 나무를 잡고
오래전 정원사를 떠올린다

가지는 수많은 갈래로 뻗어 있고
저는 그중 하나를 자릅니다
수줍은 정원사는 전지가위로 꽃나무를 손질했다

심문관은 그에게 담배를 건네며
어깨를 두드려주었다

잘리지 않은 수많은 나머지 가지 중에
다시 하나를 골라
나무의 원래 모양을 찾아줍니다
가위가 향하는 곳은 언제나 나무들이 결정합니다

조서를 끝마치자 심문관은
그를 데리고 마당을 가로질러 걸어갔다
조서의 마지막 문장을 읽고 싸인을 하고

보고서를 썼다

나무는 수많은 갈래로 뻗어가지만
정원사는 그중 하나만을 남긴다

형장에서 망명자는 마지막으로 말한다

정원에 늘 향기가 만발한 것은 정원사의 녹슨 가위 때문
이었고, 향기가 만발한 정원에 정원사가 머무를 수 없는 이
유는 어떤 향기도 더이상 가위질을 원치 않기 때문입니다

심문관

눈 쌓인 나뭇가지를 만지며 심문관은 하늘을 본다
몇해 전 망명자가 잡고 있던
미루나무 가지에 다시 새잎이 돋는다

심문관도 정원사도 봄눈이 녹으면
일을 그만둘 것이다
그도 최선을 다해 심문을 했고 정원사도
겨우내 죽은 나무에 물을 주느라
허파에 물이 차오르기 시작했기 때문이다

봄눈이 녹기 전에 심문관은
또 몇명의 망명자를 심문할 것이다
정원에는 얇은 비명처럼 꽃잎이 날릴 것이다

바람이 나뭇잎과 뒤엉키며 흘러가는 소리,
공기의 결을 따라 발자국 위로 쏟아지는 햇살,
바람과 햇볕과 소리의
완벽한 결합을 보며 심문관은 탄복한다

눈송이가 녹아 흐르는 시간만큼 심문관은 의무를 다할 것이며, 이 세상에 심판 없는 시간만큼 나무들은 자라지 않을 것이며, 아무런 규칙 없는 봄이 끝나면 정원사는 가위를 들고 하늘로 솟구칠 것이다

스스로를 형틀에 매달고 살아가려는 망명자들
그들은 우연을 믿지 않는다
햇볕 속에서 신음하던 나뭇가지가 땅바닥에 떨어진다
오늘 또 한명의 망명자가 체포되었다

정원사

출항하는 배에 숨어든 망명자가
집을 떠나기 전 마지막 남긴 말을 떠올리며
늙은 정원사는 기침을 한다

항구에서 체포되었을 때 순순히 손을 내밀던 망명자
정원으로 돌아와 심문관의 질문에
입술을 떨며 그는 말했다

모든 나뭇가지가 하늘로 향하고 결국 지상으로 쓰러지듯
모든 길은 결코 집으로 돌아오지 못합니다 딱지를 떼기 전
피가 흘러나오지 않듯 우리가 맛보지 않은 향기는 상처 안
에 갇혀, 상처를 벌리지 않고는 아무도 그 향기를 볼 수 없
습니다

수없이 피고 지는 망명자의 표정을 보며
그 표정으로 쏟아지는 굴욕적인 햇살과 햇살을 쓸고 지
나는 바람을 보며
심문관은 탄복하고

가가가지를자자르지아않고사사살수없는저정원사와
　스스스로베베어지길기기다리는마망명자
　가같은모양가지가보보고싶은시심문관
　우리는하하한번도저저저전지되지않은으으의심을수숨
긴자자자들입지요

　주인 없는 정원을 떠난 정원사는 형장에 펼쳐진
　거대한 나무들을 손질하며 말을 더듬고
　형장으로 통하는 길에 심겨진 미루나무
　그 나무를 잡고 망명자가 마지막으로 보았던 하늘

　죽음 직전, 인간은 가장 아름다운 꽃을 보고
　그 향기는 영원히 아물지 않을 상처를 심장 속에 새겨넣
는가

동면, 폐정, 병이 최초로 발생한 곳

　서른한살, 직업은 없음, 가족사항은 아내와 딸 하나

　우물에서 팅팅 불은 사내가 끌려 올라온다 이장은 소주를 마시고 구제역에 걸린 돼지들은 거대한 구덩이에 빠진다 자주 들락거리드라고, 미친 사람인 줄 알았다니께, 터널에서 빠져나온 듯 소란스러운 마을, 수돗가에 앉아 빨래를 하는 아낙(43세)은 경찰이 질문을 하기도 전에 쉴 새 없이 이야기를 풀어놓는다 방역반이 돼지의 마릿수를 센다 마을 입구에 뿌려지는 흰 가루들

　피리를 불면 귀 달린 뱀이 나타난단다 뱀을 보면 사람의 눈이 멀게 된단다, 그렇게 애들한테 얘기하더라니까, 머리 위로 흙이 쏟아질 때마다 꽥꽥거리며 우는 돼지들, 이래야 나도 먹고살지, 포클레인 기사(47세)는 삽으로 흙을 뜬다 숟가락으로 아이스크림을 퍼 먹듯 흙은 가볍게 구덩이 위로 올려져 하얀 수퇘지들의 머리 위로 뿌려진다 우글거리며 구석으로 달아나는 돼지들, 시체를 비닐에 싼 경찰이 서둘러 마을을 빠져나가고……

수도관이 놓인 후 우물을 찾는 사람은 없다 보건소 직원이 가끔 우물에 약을 풀어놓으러 올 뿐, 돼지비계처럼 떠다니는 구름과 시체의 얼굴로 부풀어오르는 달, 사내는 왜 이 마을까지 들어와 죽어 있었을까 질문은 병을 부르고 병은 서둘러 잊혀져야 한다 우물을 메워야 한다고 소리 지르는 노인(73세), 눈꺼풀에 잠깐 경련이 인다 구경 나온 아낙들이 공무원들에게 삿대질을 하고

포클레인 기사가 흙을 퍼올려 우물에 쏟아붓는다
썩은 물이 흘러넘치고
뱀의 허물처럼 아이들의 꿈이 밤하늘에 떠다닌다

완장을 찬 방역반이 이장과 함께 회식자리로 몰려가고 포클레인 기사는 굉음을 앞세우며 집으로 돌아간다 흉악범죄가 발생하거나 병의 진원지로 지목되기 전까지 마을은 다시 조용한 잠에 빠질 것이다

폭풍 속으로의 긴 여행

　옆집도 소용돌이에 떠밀려 천천히 대기권 위로 떠올랐어요 집들이 하늘을 날아다니고 있었어요 화장실 문을 열다 나는 떨어질 뻔했지요 이불을

　뜯어라 낙하산을 만들어야지 어머니는 서둘러 바느질을 시작했어요 거대한 나무가 구름 위로 솟아올랐어요 저기에 매달리면 더 높은 곳으로 날아갈 텐데 동생이 말했어요 누나가 머리를 쥐어박았지요 밀가루 반죽 같은 구름을 둘둘 말아 빵을 구워 먹으면 좋겠다 아버지는 또 취해서 정신이 없었어요

　폭풍이 멈추면 어떻게 하지? 그러면 우리는 바삭콩이 되는 거야

　삼촌은 도표를 그리기 시작했어요 마을 전체가 알 수 없는 땅으로 날아가는 거야, 신난다! 동생이 소리쳤어요 하늘을 보며 기도합시다 하수도관을 타고 동네 목사님의 설교가 시작됐어요 모두들 넋을 놓고 하늘을 봤어요 이곳이 곧

하늘이란다 삼촌은 컴퍼스를 돌리며 말했어요

　더 바라볼 하늘이 없었어요, 이 폭풍이 언제 멈출지는 아
무도 몰라

　집에 있는 것을 모조리 던져버려라 어머니가 소리쳤어요
안돼! 지금은 공기의 저항을 최대한 받아야 합니다 적당한
무게를 가지고 있어야 소용돌이에서 벗어나지 않아요 삼촌
은 물리학의 자장에 대해 설명했어요 어머니는 돈을 빌리
다 거절당한 표정을 지으며 울었어요

　차라리 재앙이 계속되어야 해 올라갈 곳은 없고 오직 떨
어질 일만 남았지

　바느질을 멈춘 어머니, 몸을 말고 자는 아버지, 지붕 위
에서 사방을 바라보는 동생, 기도하는 누나와 잠에서 막 깬
나는 책상에서 볼펜을 놓지 않는 삼촌을 바라봤어요 재앙
이 끝나면 우리는 어디로 떨어질까요

천국 아니면 지옥이겠지 너희들 좌석은 예약되어 있지
않단다 부자들의 창문 옆으로는 벌써 헬기들이 잠자리떼처
럼 몰려다녔어요 어째서 우리집이 폭풍에 휘말렸을까

내일

병실에 아이가 누워 있다 자고 싶어요, 조금만…… 물 좀…… 라면발처럼 흐물거리는 소리가 아이의 입술에서 흘러나왔다 눈송이가 한점씩 내리기 시작했다 병균은 소리 없이 몰려와 잠든 아이들을 물끄러미 바라보고, 신도 축복도 아닌 당신, 누구인지 알 수 없는 당신, 갑자기 여자가 미쳐 날뛰기 시작했다 아이가, 우리 아이가, 부스스한 머리칼로 아이를 안고 여자가 울었다 눈송이가 유리창에 달라붙어 병실을 엿보고 있었다 다른 방에선 또 누군가의, 한번도 느껴본 적 없는 소리, 세상에서 들은 적 없는 소리, 듣는 순간 모든 것이 바뀌는 음악이 병원 복도에서 울려퍼졌다 누구도 믿을 수 없었다 나는 골방에서 무릎을 꺾었다 눈에 붕대를 감은 아이가 일어나 음악 소리를 더듬으며 유리창을 열었다 재앙처럼, 축복처럼 눈송이가 쏟아져들어왔다 거대한 눈보라가 병원을 휘어감았다 건물이 들썩이기 시작했다 창문을 닫고 여자가 아이를 껴안고 울었다 빚쟁이들이 몰려오기 전부터 벌벌 떠는 늙은이처럼 바닥에 배를 깔고 굶주림 가득한 종이에 받아 적었다 내일은 분명 무슨 일이 일어나리라 무슨 일이 내일은 분명……

구렁이를 타고 날아가는 아이들

사람이 타고 노는 짐승을 사람이 토막 내는 날

책가방을 멘 아이들이 하늘을 날아다녀요 우리 아이 좀
잡아주세요 경찰은 확성기를 켜고 권총에 총알을 장전한다
죽지 않는 곳을 맞혀주세요 내일 퇴원하고 학원에 가야 되
거든요 너희들은 항공기 운항을 방해하고 있단다 날아가는
아이들을 향해 경찰이 총을 난사한다 마귀들과 뱀의 혓바
닥에 현혹되지 않도록 지켜주옵소서, 아!

멘사에 가입된 아이들이에요 조심하라니까요 주머니의
구슬을 던지며 구름 사이로 달아나는 아이들 떨어진 자리
마다 웅덩이가 파이고 불길이 일어 구슬에 담긴 사막이 지
상에 펼쳐진다 총소리에 놀란 구렁이가 겨울잠에서 깨고
기어간 자리마다 물길이 열린다 명백한 실정법 위반에 국
가의 안보를 위협하고, 탕!

바다가 소리 지르는 뱀눈을 뜨며 산 위로 기어오르리

피에 젖은 아이 하나가 떨어진다 간호사는 재빨리 상처에 구름을 쑤셔넣는다 응급실로 옮깁시다 일단, 상부에 보고부터 하구요 아들아, 학원 갈 수 있겠어? 아, 국민의 안전을 위해…… 죽지 않는 곳을 맞히라고 했잖아요 아줌마, 사람이 하늘을 날아다닐 수 있어요? 사탄의 징후예요 목사님, 지옥에나 떨어져라!

하늘은 뒤집힌 제 눈을 바로 뜨지 못하고

하늘로 날아오른 구렁이의 등 위에서 아이들은 손을 흔든다 거대한 강이 꿈틀거리며 서쪽으로 달아남 흐르는 뱀의 허리를 끊어 본보기를 보여주어야 함

두개의 혀를 가진 자들은 손아귀의 종잇장을 놓지 못하리

경찰청장의 브리핑이 생중계되고, 뱀의 옆구리에서 대공포가 터진다 공책과 연필이 쏟아진다 증 거 물 압 수 홍 보 용 진 열 예 정 공권력 도전 엄벌 원칙 항공기 운항 정상화 공책

들이 빨갛잖아 빨갱이들은 다 죽여야 된다니까 분명 내 아들, 저 공책, 사람인 줄 알면서 쏜 거라구요! 저건 괴물입니다 아줌마 자식이 아니라니까요 하하, 우리 청장님은 절대 그러실 분이 아닙니다!

  저마다의 눈에 붕대를 감아두어도

  누가 지금 잠든 뱀을 깨우고 있습니까? 공산당이 사탄의 혀로 부활합니다 헌금하고 기도합시다! 연필과 삼각자를 던지고 공책을 찢어 바람에 날리는 아이들 구렁이의 등에 업혀 하늘로 날아간다 대기권을 뚫고 우주로 날아간다

  동맥이 터진 태양은 하늘까지 피의 빛을 내뿜으리

  총을 쏘는 경찰의 머리 위로 구원의 증표처럼 피 묻은 공책들이 쏟아지고 팔다 남은 면죄부를 줍듯 아우성치며 사람들이 몰려든다 감사합니다 저에게도 한장만, 한장만……

만년설

　백년 동안 쉬지 않고 눈이 내렸지 눈 속에서 쥐인간들은 굴을 파고 기어다녔지 온몸에 자라난 털을 끌며 굴속에서 굴속으로 피 냄새를 따라 기어가네 눈 속의 마을에서 손가락 발가락이 떨어져나갔네 네발로 기지 못하는 쥐인간들은 번식하지 못하네

　눈 이 녹 으 면 우 리 는 멸 망 한 단 다 눈 을 뜨 면 우 리 는 멸 망 한 단 다

　털 없는 쥐인간들은 번식하지 못하네 눈덩이는 커다란 바퀴를 굴리듯 굴러가고 바퀴에 깔린 쥐인간들의 내장이 터질 때 다시 백년 동안 쉬지 않고 눈이 내렸네

　임신한 암컷들에게만 음식이 주어지므로 모두들 서둘러 임신하고 젖을 먹이며 아비와 동침하고 젖을 빨며 누이를 강간하고 수많은 꿈속에서 냄새와 소리로 모든 것을 구분하네 눈이 멀어버린 쥐인간들만 살아남을 수 있네

젖 냄새를 맡으며 퇴화한 눈을 끔적거리며 새끼들은 지
린내와 피비린내를 익히네 번식하지 못하면 도태되는 것,
무리를 이루어서는 모두 죽을 것이네 식량이 바닥날 것이
므로 그날 서로를 찢어 먹을 것이므로 귀가 큰 쥐인간들만
살아남을 수 있네

  털을 뽑아 둥지를 만들고 태어나 시력이 남은 아이들을
눈 속에 먹이로 파묻어놓네 처음 부슬대는 털을 끌고 눈 속
에 흔적을 남기며 기어간 쥐인간은 누구였을까 눈 위에 쓸
린 털의 흔적을 더듬으며 갓 태어난 새끼들의 살점을 맛보
러 피 냄새와 젖 냄새를 따라 기어가네

  빛 을 보 면 우 리 는 멸 망 한 단 다 눈 알 을 파 내 지 않 으 면 우
리 는 살 수 없 단 다

  백년에서 백년을 지나 백만년의 세월이 흐를 동안 눈 뜬
족속들은 모조리 잡아먹혔네 가까운 곳에서 울음소리가 들
리네 냄새를 맡는 자만이 먹이를 파먹을 수 있네 울음으로

말을 시작한 쥐인간은 누구였을까 자신의 눈을 파내 처음
살아남은 쥐인간은 누구였을까

미식가

저는 저의 몸을 태울 수도 있지요
휘발유 냄새를 피우며 그의 몸이 타고 있다
그는 가장 위대한 마법사
누가 불을 꺼야 하는 거 아닌가요

불을 끄는 건 예의가 아니에요
그는 가장 위대한 마법사이니까요

아까부터 맛있는 냄새가 났어요
손을 쬐는 노숙자들이 소곤거린다
정육점 주인이 그의 옆구리에 칼을 쑤셔넣는다
저도 고기 한점 못 먹었던 시절이 있답니다
그건 너무 심한 거 아니에요

걱정하지 마세요 저 사람은 마법사이니까요

엄마, 저 아저씨의 체온은 몇도일까?
온도계를 옆구리에 집어넣어보렴

죄송해요 저희 아이가 실험을 좋아해서요
세상에, 온도가 그대로예요
저는 늘 평정심을 유지한답니다
고통을 참지 못하면 가짜 마법사일 테니까요

그래도 누군가 불을 꺼야 하지 않을까요

보세요, 눈물을 흘리며 그가 불을 끄고 있어요
마법사에게 한마디만 해보라고 하세요
입술이 점점 일그러지는 마법사

고기 냄새를 맡을 때마다
당신들은 침을 흘리며 저를 기억하겠지요

거신족

거신족이 신들의 싸움에 말려들어
멸망하던 날
피로 대지를 적시던 날
한명의 거인만이 살아남았다

외로운 거인은 난쟁이 마을로 걸어갔다
네 발은 너무 커
우리를 뭉개버릴지도 몰라
난쟁이들은 말했다
네 손은 너무 우악스러워
자칫하면 손아귀에 잡혀 죽겠지

그는 자신의 크고 쓸쓸한 손발을 보며 울었다
난쟁이들은 밧줄처럼 굵은
머리카락을 지상에 고정시키고
거대한 침엽수에 거인의 사지를 묶었다
손발이 잘리기 시작하고
흐르는 피가 대지에 계곡을 만들었다

거인이 울부짖을 때마다
네 목소리는 너무 커
고막이 찢어질 거 같아
울 수도 없이 성대마저 제거당했을 때
춤추고 노래 부르며
난쟁이들은 거인의 목에 창을 들이댔다

배부른 난쟁이들이
해마다 처음 피어나는 꽃송이에 코를 부빈다
사람들은 그날이
지구의 거신족이 멸망한 날이라고 한다

토끼는 달린다

우물 속에 달이 떴네
물컹물컹하고 둥근 달 속
토끼가 달린다

도망치고 쫓기고
쫓기는 도로 위의 토끼를 잡아라
사냥꾼이 총을 쏜다 개가 달린다
악, 토끼가!

누가 내 토끼를 죽였니 왜 내 토끼를 죽였니 하필이면 왜
내 토끼를

사람들이 뛰어가네 토끼 주변에서
늙은 토끼가 아스팔트에서 뒹군다
횃불을 들고 지켜봐라
내가 죽었으니 내 거야 내가 먹을 테야
감쪽같은 사냥꾼
어디에 토끼를 숨겼을까

내 토끼를 살려내, 어떻게 잊을 수 있어 어떻게
　할머니, 옛날얘기만 하시면 저희보고 어떡하란 말예요
할머니도 참

　토끼야, 이제 좀 죽으렴
　친구들도 너를 줄줄이 낳았잖니

　누르면 우물 속에 잠겼다 다시 떠올라
　바가지로 달을 건져 씹어 먹네
　토끼의 눈물이 줄줄 흘러내리네

토끼사육

어린 토끼를 발견했습니다
그 토끼는 눈도 뜰 수 없었죠
너는 무엇이 되고 싶니?
커다란 토끼가 될 때까지 연한 풀만 먹어야 한다

나는 날마다 토끼풀을 뜯었습니다
토끼는 뛰어다닐 정도로 자랐습니다
어느날 토끼가 내 손을 물었지요
어째서 내 손을 물었니?

바깥을 보렴 네 목을 물어뜯으려고
개들이 짖고 있잖니

풀을 줄 때마다 토끼는 내 손을 물었지요
가시엉겅퀴가 흐드러진 숲으로
토끼는 뛰어가고 싶었습니다

문을 열어주었습니다

토끼의 내장을 물어뜯는 개들
눈알이 뒤집히는 황홀함으로
끌려다니며 토끼는 죽어갔습니다

조금만 더 기다려,
잠바에 흰 털을 묻히고 쭈그려앉은
사육사는 웃으며 이야기합니다
하얗게 센 머리칼이 달빛에 빛날 때까지

얼음궁전

겨울이 끝나고 다시 겨울이 시작되었네 땅을 파고 나는
더 깊은 곳으로 들어갔지 두더지들이 가끔 터널 천장에서
툭툭 떨어지더군 추위 속에서 사람들은 맨살을 부대끼며
울었지 충치에 걸린 이가 전짓불 속에 드러났네

눈은 그치지 않았지 방송에선 쉬지 않고 예언자를 비추
고 있었네 누에들이 고개를 들고 머리를 흔들듯 경구를 외
는 사람들이 있었네 아무것도 먹지 않는 그들이 평화로워
보였네 예언자가 사다리를 타고 건물 옥상으로 기어오르자
광신도들은 강물 속으로 걸어들어갔네

아이들은 캐럴을 부르며 구걸을 했네
가난이 그 크고 부드러운 손길로 아이들의 얼굴을 어루
만지자
잠을 부르듯 눈가루가 쏟아졌네

예언자가 옥상에서 뛰어내리기 전까지 광신도들은 차가
운 강물 속에서 나오지 않았네 남은 옷가지를 모아 사람들

은 불을 피웠네 빌딩의 수도관이 동파되고 부유한 연기는 빌딩을 집어삼켰네 객실과 로비에서 선 채로 얼어붙은 사람들, 죽어가는 장면을 비추는 카메라마다 중계권료가 솟구쳤네

　어머니 품에 안겨 잠들 때마다 언제 얼음궁전으로 돌아가느냐 물었지 어머니는 웃는 낯으로 말했네 예언자가 사라진 궁전에서는 모두 숯덩어리 같은 울음을 삼키며 살아야 한다고, 울음을 멈추지 말고 또다른 예언자를 기다려야 한다고…… 흙을 삼키며 사람들이 노래 불렀네

　대기권 위로 솟아오른 빌딩들이 있었네
　밤마다 베고 자던 구름에도 세금을 매기는 자가 있었네
　지상에 세워진 가장 빛나던 궁전들이 있었네
　겨울이 끝나고 다시

눈 위에 찍힌 붉은 발자국

흰 눈 내리는 숲으로 걸어가네
나무들은 머리를 흔들어 눈을 털고
검은 뿌리의 발톱을 잎사귀로 감추네

가지 사이로 가지를 뻗으며
나무들은 언 손가락을 구부려
손바닥만한 하늘에 길을 물을 뿐
피에 젖은 발자국 찍으며
눈 덮인 숲으로 달아나는 밤

지나온 발자국에 이유를 묻지 않듯
누군가 나에게 걸어온 길을 돌아가라 말하면
부어오른 살갗에 찬 눈을 뿌릴 뿐

다시는 가지 말아야 할
그래서 갈 수밖에 없는 길을 걸으면
흰 눈 덮인 나무들만
부러진 팔을 붙잡고 숨을 몰아쉬네

나무 사이에 줄지어 선 나무의 이름을 모르듯
인간을 헤치고 다니면 인간을 알 수 없네
아무리 세차게 고개를 저어도
나무는 눈 속에 스민
자신의 핏자국을 지우며 울지 않네

파종(播種)

비행기는 농부가 씨앗을 뿌리듯 느릿느릿 폭탄을 뿌리고 서쪽 하늘로 사라졌다 사방에서 불꽃이 일었다 아이들은 소리를 지르며 집 밖으로 뛰어나왔다 머리 위로 쏟아지는 폭탄을 보며 사람들은 아무 말도 할 수 없었다 그저 짐승의 울음을 흉내내며 달아나는 길밖에…… 이마에 엷은 빛을 지닌 사내가 다녀간 후

갑자기 어디선가 날아온 비행기, 작은 씨앗 같은 것이 쏟아졌고, 그것이 폭탄이라는 것을 알았을 때 마을은 이미 폐허가 된 뒤였다 그가 우리를 지켜보고 있어! 누군가 소리쳤다 폭격이 끝난 후 사람들은 자신들도 모르게 어떤 땅을 찾아 걸어가고 있었다 그것은 이마에 엷은 빛을 지닌 사내가 다녀간 후의 일

작고 푸른 불꽃처럼 쏟아지는 폭탄을 보며 사람들은 사내가 마을을 찾아온 날을 떠올렸다 어둠 속에서, 그의 얼굴을 본 자들은 무릎 꿇고 이를 부딪치며 울었다 그는 다시 온다! 믿지 않는 자들을 모두 구덩이 속으로 밀어넣은 후,

그가 마을을 떠날 때 깨진 운석 조각들이 떨어지고 있었다

　죽은 자들을 장사 지내기도 전에 사람들은 공포 속에서 사내를 기다렸다 그는 우리가 가는 곳을 찾아낼 거야, 우리를 지켜보고 있을 거야, 할머니는 호미와 낫을 녹여 칼을 갈아야 한다고, 흙을 먹으며 울었다 사람들은 찢어진 달력처럼 너덜너덜해진 길을 걸으며 눈송이와 함께 쏟아지는 폭탄을 바라보았다 분명,

　그가 우리를 옭아맬 거야!
　다시 찾아와 아이들을 땅에 묻을 거야!

　누군가 울음을 터뜨렸다 수확을 기다리는 곡식처럼 고개를 숙인 채 사내들은 입을 열지 않았다 그가 우리를 찾아내서 모조리 죽여버릴 거야! 불덩어리가 쏟아지는 길을 걸으며 짐을 멘 사람들이 우는 자의 입을 막았다 사방을 둘러보았다 그들의 이마에도 엷은 빛이 번지고 있었다

천국은 언제쯤 망가진 자들을 수거해가나

아무도 장님인 저에게 돌을 던질 수는 없습죠 땅속으로
파고들어간 방 한 칸, 누가 뭐래도 이 방은 우리의 왕국입
니다요 방바닥에는 분유통을 굴리고 노는 어린 동생들, 아
무도 우리의 기쁨을 눈치챌 수 없게, 얼른 문을 닫으라고
어머니는 소리 질렀습죠 방 안 가득 꿈틀거리는 비린내를
배 터지도록 들이마시면

주홍빛 꽃송이가 쏟아지는 하늘, 난쟁이들과 춤을 추는
동생들, 사과를 들고 계단을 오르는 처녀들, 안대를 벗겨 내
눈동자에 새겨진 왕국을 하늘에 펼쳐주세요

안대를 풀자 배를 가른 어머니와 장님인 다섯 동생들, 웃
으며 아무거나 해달라고 나에게 보챘습죠 눈 감아도 훤히
보이는 어둠 속에는 우리를 밟아줄 아무것도 없었습니다요
차라리 장님으로 행복하게 살고 싶었습니다요 커튼을 열고
눈을 떴습죠

유리창으로 가늘고 가는 빛이 쏟아져들어와 눈을 찔렀습

죠 온몸에 숨어 있던 열기가 두 눈으로 쏟아져나왔습죠 눈
동자에 새겨진 왕국이 하늘로 솟아올랐습죠

　흙으로 묻어놓은 입구를 따라 병든 쥐들이 인도하는 길
을 걸으면 어머니는 간과 신장을 팔아 통증의 왕국을 선물
하셨네 기억은 언제나 뒤엉켜 꿈을 꾼 흔적들, 천국은 언제
쯤 망가진 자들을 수거해가나 우리를 기다리는 고통이 있
다면 누가 뭐래도 이곳은 우리의 왕국이라네

　깡통 속에서 서로를 밀치는 동전 소리, 장님은 복도를 걸
어가며 노래하네

　저 짐승 같은 사내에게도 우리처럼 작은 뇌가 있었다면
그렇게 허황된 왕국을 떠올리지 않았을 텐데 졸린 눈을 부
비며 나는 정거장에 내린 사내를 보네 놀란 여자들은 향수
냄새를 풍기며 복도 쪽으로 비켜서고 빛이 쏟아지는 지하
도 끝으로 사내는 지팡이를 두드리며 사라지고 있었네

검은 구름 흰 날개

검은 구름이 마을을 향해 몰려왔어요 가까이서 보니 흰 나비들이었어요 나비들이 배추밭을 날아다녔어요 작은 날개에서 떨어진 은가루들이 내 얼굴 위로 쏟아졌어요 어지러웠어요 배춧잎이 반짝였어요 팔을 벌리고 하늘을 보았어요

아삭아삭하는 소리에 놀라 사방을 둘러보았습니다

손톱만한 벌레들이 배춧잎에 달라붙어 있었어요 배춧잎이 금속 가루처럼 부서져내렸어요 뿌리까지 갉아 먹는 벌레들, 고랑을 가득 채우며 밭둑을 넘어갔어요 손가락만한 것들이 내 몸으로 기어오르기 시작했어요 달아났어요 발밑에서 벌레들이 흩어졌어요

벌레들이 길을 덮으며 몰려갔어요 검은 구름처럼 구불거리며 몰려갔어요 도로를 가로지르는 벌레들, 자동차가 미끄러졌어요 원유를 가득 채운 트럭이 뒤집혔어요 가드레일이 구부러졌지요 불길이 솟았어요 검은 연기가 하늘을 덮

었어요 진폐증을 앓듯 하늘이 기침을 했어요 울음소리가
끊이지 않고 이어지듯, 경적 소리, 경적 소리,

  악기에서 음악이 흘러나오듯
  고통스러울 때는 누구나 비명을 쏟아내겠지요

  나비들이 무리지어 산을 넘고 있었습니다 쓰러진 나무
위로 은가루들이 날렸습니다 은가루를 덮으며 검은 재가
지붕에 내려앉았습니다 숨을 참으며 눈을 감았습니다 먹을
것을 찾아가는 벌레들의 행렬이 강물처럼 출렁였습니다 식
욕은 또다른 식욕을 덮으며 밀려왔습니다 사람들이 꿈틀거
리며 짐을 쌌습니다

제2부

생일

거대한 물고기 한마리가 방 안을 헤엄치고 있다

아이를 등에 태우고
잠 속 깊은 곳으로 헤엄쳐 들어가는 물고기
방바닥에 널려 있는 책과 빈 그릇 사이
몸을 흐느적이는 미역 줄기들

창틀에 앉은 사내가 쓰윽……
낚싯대를 드리울 때

일렁이는 먹이를 바라보며
눈동자가 흔들리는 물고기
숨을 참지 못한 아이가
공기방울을 한개 두개 뱉어낸다

지느러미가 벽에 긁히고
책이 떨어지고
소용돌이치는 물살을 헤엄치며

유리창을 들이받는 물고기

상처를 벌리듯 눈꺼풀을 들어올려
천장을 본다
아가미에서 피를 흘리는 물고기
지느러미를 흔들며 나를 보고 있다

어둠 속에서
미역 줄기 같은 이불을 몸에 감고 운다

유랑

나, 걸었지
모래 우에 발자국 남기며
길은 멀고도 먼 바다
목말라 퍼먹을게 없어 기억을 퍼먹으며
뒤를 돌아보았지
누군가의 목소리가 날 부를까
이미 지워진 발자국
되돌아갈 수 없었지
길 끝에는 새로운 길이 있다고
부스러기처럼 씨앗처럼 모래 흩날리는
되돌아갈 수 없는 길
이제 혼자 걷고 있었지
깨어보니
무언가 집에 놓고 왔을까
이미 지워진 발자국
되돌아갈 수 없는 길을 걸으며
목말라 퍼먹을게 없어 기억을 퍼먹으며
길 끝에 또다른 길이 있을까

방언(方言)

점자를 읽듯 장님이 칼을 만진다

칼날에 피가 흐른다
사람들이 소리 죽여 웃는다

칼은 따듯하다!
자신이 새긴 글씨가 상처인 줄 모르고
기뻐하는 장님을 보라

쏟아지는 피를 손바닥으로 핥으며
자신도 모르는 글씨를
칼날에 새기고 있다

몸에서 잉크가 떨어질 때까지
더 빨리
더 빨리
마귀가 불러주는 주문을
온몸으로 받아 적고 있다

은빛 연못

어제 먹은 물고기들이 입에서 쏟아진다
취해 집으로 돌아와 변기를 붙잡고
토한다 목구멍에 손가락을 집어넣으며
이 목구멍 하나 줄이기 위해
농약을 마시고 죽은 할머니

거품을 물고 뒤집히는
할머니 눈동자 속에 토한다
변기는 작은 연못처럼 글썽이고
피가 섞인 침을 뱉으면
꾸꾸거리는 소리를 내며 빠져나가는 물줄기
몸에서 뱉어낸 것들에는
늘 더러운 피가 섞여 있는 법

거품이 흘러넘치는 눈동자로
글썽이는 눈동자로
목구멍이 막히면 죽는 것이야
더러운 물은 모두 다른 연못으로 흘러갈 것이야

내일 밤 술에서 깨면
어디서 이렇게 더러운 물이 흘러든 걸까
내 마음속 작은 연못
배를 뒤집고 죽어 있는 물고기
물이 차오르듯 기억이 다시 차오르고 있다

끝말 잇기

물고기가 처음 수면 위로 튀어오른 여름
여름 옥수수밭으로 쏟아지는 빗방울
빗방울을 맞으며 김을 매는 어머니
어머니를 태우고 밤길을 달리는 버스
버스에서 졸고 있는 어린 손잡이
손잡이에 매달려 간신히 흔들리는 누나의 노래
노래가 소용돌이치며 흘러다니는 개울가
개울가에서 혼자 물고기를 파묻는 소년
소년의 손을 잡고 걸어가는 아버지
아버지가 버스에 태워 보낸 도시의 가을
가을마다 고층빌딩이 쏟아내는 매연
매연 속에서 점점 엉켜가는 골목
골목에서 여자의 얼굴을 어루만지는 손가락
손가락이 밤마다 기다리는 볼펜
볼펜이 풀지 못한 가족들의 숙제
숙제를 미루고 달아나는 하늘
하늘 쪽으로 빼꼼히 고개를 내민 마을
마을에서 가장 배고픈 유리창

유리창에서 병 조각처럼 깨지는 불빛
불빛 속에서 물고기처럼 우는 사내
사내가 부숴버린 어항이 조각조각 널린 방바닥
방바닥에서 퍼덕거리다 죽어가는 물고기

시인

죽은 물고기를 삼키는
두루미
목을 부르르 떤다

부리에서 삐져나온
푸른 낚싯줄
흘러내리는 핏물

목구멍에 걸린
바늘을 토해내려
날개를
터는 소리

한번 삼킨 것을
토해내기 위해
얇은 발자국 늪지에 남기며
걸어가는 길

살을 파고드는
석양을 바라보며
두루미가 운다

해열

소태나무에 홍학이 내려앉는다
잎사귀가 하늘에 긁힐 때 구름이 붉게 물든다
나무 꼭대기에 지어진 둥지

맨살의 새끼들 소리 없이 둥지 아래로 떨어진다
가난이 재난을 찾아가듯
재난이 가난을 찾아내듯
자고 일어나면 병이 깊어지는 아이

이슬에 살이 젖어 흙바닥에
죽은 홍학의 새끼
분홍빛 살을 물고 사라지는 들쥐들

한 여자가 밭둑에서 소태나무 가지를 꺾는다
새의 날갯죽지처럼 마른 아이
끓어오르는 가마솥
시커먼 공기방울이 눈동자처럼 터진다

경기에 좋다는
소태나무 우린 물을
숟가락으로 젖꼭지에 흘려놓는 여인

젖이 불은 여자가 이마의 땀을 닦고
검은 눈동자를 삼키는 아이
열에 들떠 홍학의 울음을 터뜨린다

꼽사춤

수의사가 배를 가른다
김이 무럭무럭 피어오르는 내장을 밀어낸다
고무장갑에 딸려나오는 송아지 다리

누렇게 털이 젖은 꼽추 송아지
시멘트 바닥에 떨어진다
자궁 속에서
시체로 보름을 버틴 보람도 없지
둥그렇게 몸을 말고 자다
시커멓게 죽은 피의 시궁창
눈 내리는 강가에서
삽질을 하는 노인
울음소리 한번 내지 못하고
죽은 송아지를 묻는다
자루 같은 구름 속에서
버둥거리다
펄쩍펄쩍 뛰어내려오는 눈송이
처마 끝

눈송이를 보며
눈만 끔벅이는 어미 소

술잔을 들던
노인의 손가락이 떨린다
대낮부터 저렇게 취해
굽은 등으로
꼽사춤이라도 추려는 건가

수열

1. 나무──하늘에서 내려온 사다리. 사람은 태어날 때 나무를 밟고 지상으로 내려오며 죽은 후에는 다시 나무를 밟고 영혼이 하늘로 올라간다고 한다. 죽은 혼을 부를 때 무당들은 나무를 흔들어 영혼을 깨우기도 하며 나무에 직접 올라가 영혼을 온몸에 가득 채우고 내려오기도 한다.

2. 하늘──무한한 침묵으로 열려 있는 공간이라고 누군가 말했다.

3. 잠──죽음으로의 여행.

4. 돼지──할머니가 죽기 전에 먹고 싶었던 과일.

5. 옷──언젠가는 더럽혀질 물건. 사람들은 그것을 자주 빨거나 새로 만들려고 애쓴다. 그것을 어떻게 가지고 있을 수 있을까.

6. 홍수──평소에 조용하던 아이가 화나면 얼굴이 빨개

지고 성이 나 한꺼번에 울음이 터지는 장면.

7. 배 ── 화를 피하기 위해 만들어놓은 것. 언젠가 아이가 울음을 터뜨리면 배를 타고 도망가거나 화가 가라앉길 기다리는 수밖에는 없다. 이런 지혜를 누군가 수천년 전에 일러주었고 나는 어릴 때 얼음으로 만든 배를 타고 자주 도망가는 연습을 했던 적이 있다.

8. 고구마 ── 달아나서 돌아오지 않을 것 같은 말, 돌아오지 말았으면 싶은 말, 돌아왔으면 하는 말. 할머니가 날마다 잊어버렸으면 하던 노래.

9. 창문 ── 앉아 있을 때는 검지만 날아오르는 순간 날개의 색깔이 파랗게 바뀌는 새의 이름. 자주 날개를 펼치고 날아다니지만 누군가가 보고 있을 때는 아무런 동작도 취하지 않는다. 나는 가끔 집에서 창문이 날개를 펼칠 때까지 바라볼 때가 있다. 당연히 그 새의 검은 날개밖에는 볼 수 없었다. 그러나 언젠가 내 눈앞에서 그 새가 푸른 깃털을

보여줄 때가 있을 것이라고 믿는다.

　10. 공──굴러다니기 위해 태어난 동물. 나무를 타고 내려왔는지 어떻게 생기게 되었는지 도무지 알 수가 없음. 그러나 이 동물도 굴러다니다가 결국 하늘로 뛰어올라간다.

　$1 + 2 + 3 + \cdots + 9 + 10$

　할머니는 나무를 밟고 내려와 다시 나무 위로 올라갔다. 무한한 침묵의 공간인 하늘로 잠을 자러 간 것이다. 죽기 전에 돼지고기 한근이라도 먹었으면 좋았을걸, 더러운 옷을 입고 이 세상을 뒹굴다 가신 것이다. 할머니가 돌아가시기 전 동생은 자주 울었고 집 앞의 강이 화를 내었다. 우리 집엔 배가 없었고 타고 날아갈 새 한마리 없었다. 결국 어린 나는 공이나 차며 흙 묻은 옷을 입고 운동장을 뒹굴면서 유년시절을 보냈다. 어른이 된 후에도 나는 공을 차며 놀고 내가 뛰어다니는 운동장이 쉽게 변하지 않는다는 것을 점점 알아가고 있다. 나 또한 할머니처럼 그렇게 세상을 뒹굴다가 나무를 밟고 그 뒤를 따라갈지 모르겠다.

장롱에서 기어나온 누에 한마리

꿈자리가 사나워, 저것 좀 버려라
이것도 손때 묻은 건데 자식들에게 물려주어야지요
어머니가 버리자는 장롱을 옆방에 옮기고
물을 마시러 나는 부엌으로 걸어갔다

늙고 살찐 사람만한 누에 한마리가 씽크대를 더듬고 있
었다
눈이 먼 누에는 나를 향해 고개를 돌리며
뒷간이 어딘지 찾지를 못하겠구나
쌀 것 같다, 빨리 뒷간 좀 데려가다오
얼굴과 목소리는 영락없는 외할머니인데,
눈이 먼 것을 봐도 외할머니가 틀림없다
돌아가신 지 이십년도 넘었는데 어떻게 오셨어요?
물컹한 외할머니누에를 데리고 화장실로 갔다
타일 바닥에 오줌과 똥을 누고 누에는
수많은 발을 움직여 화장실에서 걸어나왔다

제수를 장만하러 시장에 간 어머니는 오지 않고,

그런데 왜 누에로 환생하셨어요?

밤송이가 벌어지는 계절이었을 거다

시집가는 외동딸이 보고 싶어 장롱을 진

시숙을 따라 섣밭까지 걸어왔는데 뽕나무밭에 숨어

딸네 집은 가보지도 못했구나

어찌나 니 에미가 밉고 서러웠던지

하긴, 합판을 잇대 만든 장롱도 그땐 귀했지

에미가 너를 낳은 해부터는 햇볕에 고추 말리는 것만 봐
도 좋았지

꽝꽝 언 얼음을 깨고 빨래를 하는데 손이 하나도 안 시려
웠다

웃을 때마다 오줌이 조금씩 장판에 흘러내렸다

그래서 엄마는 금반지를 아직도 장롱에 숨겨두고 있어요

화장실에서 장롱으로 꿈틀거리며 기어가는 누에

저승이 좋다지만 거기 가면 뭐하겠어

내 자식 있는 데서 눈치 보여도 사는 게 좋지

눈이 안 보이고부터는 이렇게 기어다니기만 하며 산다

66

하긴, 더 살아서 뭐하겠어 몸뚱아리가 이런데……
어머니가 오셨나봐요
에미에게는 나 봤다고 말하지 마라

늙고 살찐 누에는 꿈틀거리며 장롱으로 들어갔다
이상하게 꿈자리가 사납다고 어머니는 걱정을 하시고
다음날 장롱을 열어보니 몇개의 허물과
크고 하얀 고치만 남아 있었다
외할머니는 왜 누에로 태어나셨어요?
다음엔 뭐로 환생하시겠어요?
물어보아도 코 고는 소리만 작게 들릴 뿐이었다

형태도 없이 내 마음이

　부러진 칼날처럼 우박이 쏟아졌어 익은 사과에 꽂히고 자동차 유리창이 깨졌어 농부들은 쓸모없는 과일을 내다 버리지

　우박은 아스팔트 바닥에서 반짝였어 우산을 버리고 집으로 걸어가는 행인들, 버스 유리창의 성에를 손바닥으로 닦으며 바라보지

　젖은 신문을 들고 빌딩 아래 담배를 피우는 사람들 연기가 공중에서 부서지지 이어붙일 수 없는 거추장스런 물건을 보듯

　화상을 입은 여자가 거울 앞에 서 있지 우는지 웃는지 알 수 없는 표정으로, 형태도 없이 내 마음이 망가지는 날

　버스에서 내려 쏟아지는 칼날에 얼굴을 대고 울고 있어 소리내지 않고, 우박 소리가 내 소리를 대신해서 울어주지

형태를 알아볼 수 없을 때까지 내 마음이 망가지는 날, 버릴 수도 없는 그것들을 조각조각 더러운 풀로 붙여 시를 쓰지

　덕지덕지 기워진 내 얼굴을 보고 너는 나를 기억할까 더러워진 내 마음을 보고 너는 나를 이해할까

두 눈을 감고 노래해도

눈이 멀어버린 절름발이가 있었다네 그에게는 딸이 하나 있었다네 둘은 버스를 타고 지하철을 타며 구걸을 했다네 세상 끝까지 절름거리며 떠돌아다닐 수 있을 것 같았다네 그렇게 장님은 이 세상 아무것도 보고 싶은 것이 없었다네 여름은 딸의 종아리를 더듬고

가을은 절름발이에게 욕을 하고 어쩜 그렇게 예쁜 딸을 낳았어요 비가 내려 떨어지는 상수리나무 잎사귀가 속삭였다네 그날부터 장님은 쉬지 않고 구걸을 했다네 바구니에 동전이 찰 때까지 딸에게 구걸을 시켰다네 함박눈처럼 동전이 쌓이는 겨울이 왔다네

새벽 검은 하늘은 기침을 좋아한다네 장님은 추위 속에서 상수리나무 잎사귀를 모으고 있었다네 눈송이 속으로 걸어 들어간 딸은 돌아오지 않았다네 바구니는 아직도 비어 있고 두 눈이 멀어버린 하늘에서 반짝이는 동전들이 쏟아졌다네 상수리나무 잎사귀가 몰려와 딸의 몸을 덮어주었다네

두 눈이 멀어버린 절름발이가 있었다네 상수리나무가 입김을 불어 장님의 바구니에 종이 한장을 던져주었다네 죽은 딸의 사망통지서가 바구니에 떨어졌다네 장님은 종이를 더듬거렸다네 나뭇잎이 쉬지 않고 하늘에서 쏟아졌다네

　상수리나무가 아무리 입김을 불어주어도 꽝꽝 언 딸은 깨어나지 않았다네 장님은 자신의 눈에 조약돌 같은 딸의 눈을 갈아 끼웠다네 눈을 뜨고 처음 딸을 보았다네 잎사귀들이 장님의 가슴에 쏟아졌다네 절름발이는 자신의 눈을 찌르고 노래한다네 더듬거리는 장님이 있었다네

　두 눈을 뜨고 노래해도
　고통은 바구니에 담겨지지 않는다네
　두 눈을 감고 노래해도
　고통의 바구니는 줄어들지 않는다네

뿔

한번도 남들과 다르게 살아본 적 없어
몸을 웅크리고 어둠 속
내 안에서 들려오는 소리에 귀를 기울여

혈관 속 어린 사슴들이
뛰어나오려 사방을 들이받고 있어
동맥을 달려 팔뚝을 들이받는 사슴들
혈관을 긋자 공중으로 솟구치는 사슴들

아직 자라지 않은 뿔로
술에 절은 벽지를 들이받고
천장에서 웃으며 뛰어다니고 있어

내 몸을 통과해 나오는 사슴을 보며
천장을 뚫고 몰려다니는 사슴을 보며
내가 온몸으로 내 이름을 부를 때
끝없이 변주되는 내 울음소리가
얼굴을 덮으며 꽃잎처럼 쏟아져

몸을 웅크리고 어둠 속
내 안에서 들려오는 소리에 귀를 기울여

구름을 뜯어 먹는 사슴의 눈동자와
벽에 그려진 거대한 뿔과
처음 듣는 내 웃음소리가
분홍 발자국이 되어 얼굴을 덮고 있어

소나기

할머니는 시집와서 아무도 모르는 산 너머에 나무를 심
었다

그 나무는 자라 하늘까지 닿았고
돌아가신 할머니는 나무 위로 올라갔다

짐승은 죄를 지어 일만 한다 하지만
소가 일하지 않는 날에도
비를 맞으며 밭고랑에서 김을 매던 할머니

사람이 죽으면 하늘로 간다 하니
하늘 어딘가에도 마당이 있을 것이다

그 마당에서 아홉 잔의 술과
아홉개의 떡을 먹으며 노래 부르면
호미는 말잔등으로 변해 달리고
타령조로 울다 웃다
목이 쉬면 까마귀를 달여 먹고

지상에서 추지 못한 춤을 출 것이다

산 너머에서부터 바람이 우는 소리
가죽나무가 팔을 허우적대며
흘러가는 공기를 입안에 우겨넣는다
고깃덩이가 제사상에서 냄새를 피우는 날

이르지 못한 간절함이 인간의 들판에 비를 부른다

강

   초등학교 입학 전, 강 건너편으로 다리가 놓였다 어머니는 그 강을 건너 식당으로 가고 나는 강 이편에서 어머니를 부르며 걸었다

   강은 내 어머니를 강 건너로 데려가고 우리 형을 이 세상에서 데려가고 죽은 할머니에게 한척의 배를 마련해주었다

   취한 아버지는 젖은 풀밭에 앉아 땀 흘리고 누나들은 송사리떼를 쫓아 공장으로 가, 나는 죽은 채 쏟아지는 햇살을 맞으며 행복했던가

   욕심이 많아 모든 것을 빼앗긴, 죽지 않고 몇년을 더 살다, 허리에서 잎사귀를 뱉어내는 나무를 보며 이곳에서 걸어나갔는가

   뒤안에 구슬을 묻고, 흘러갔는가 그 다리를 건너 어머니가 돌아오고, 죽은 할머니가 화를 내며 건너오라 울어도, 홍수에 떠내려간 다리 밑에 서서

웃는 식구들을 본다 삶은 옥수수를 들고 평상에 앉아, 뭉게구름처럼 늙어가는 어머니, 철없이 합창을 하는 어린 누나들

  나를 찾으러 올 것이다, 밥 먹으라고, 목이 쉬도록, 내 이름이 메아리로 돌아와 나를 흔들 때까지

  글씨를 쓴다, 물 위에, 쪼그려앉아, 처음으로, 어둠이 앞다퉈 몰려와 얼굴을 지울 때까지

  이제는 나를 용서하고, 나를 이해해야 한다고, 흙 속의 구슬처럼 우는, 나를 용서해야 한다고……

자살하는 날의 아침

햇살이 후박나무 잎사귀를 비춘다
눈이 부셔 오래 바라볼 수 없다
방문을 잠그고 나는 생각한다

이제는 볼 수 없지만
내가 기다리던 사람들의 얼굴,
방 안에서 기르는 고구마 줄기에 물을 준다
썩은 줄기, 잎이 말라버린
그들이 내 몸에서 떨어질 것이다
사람들은 나를 독한 놈이라고 부르겠지
그렇지만 그게 무슨 대수인가
불안한 건 살아가면서 겪는
새벽까지 뜬눈으로 책을 읽고
전화가 하고 싶지만 참고, 웃는 것,
모두들 나를 이해할 수 없겠지만
흙이 과일을 감싸안듯
누군가 한번만 나를 깊이 안아주었으면

내일이 오늘을 배웅하듯
초침 소리가 얼굴 위를 걸어와 눈을 감긴다
이불을 뒤집어쓰고
늙은 잉어처럼 몸을 뒤척인다

절망

꽃들은 왜 하늘을 향해 피는가
그리고 왜 지상에서 죽어가는가

제3부

새가 열리는 나무

땅덩어리, 그것은 늙어 쭈글쭈글해진 피부처럼
일정한 모양으로 늘어져 있었네
흙 속에 새가 숨어 있고 과일이 숨어 있고

실수로 뿌려놓은 씨앗이 자라 나뭇가지에
한쪽에는 새가 열리고 다른 한쪽에는 사과가 열렸네
새는 날마다 지저귀고, 아이들은
바닥으로 늘어진 나뭇가지에서 새를 따 먹고 울어대느라
땅 위의 세상은 하루도 조용할 날이 없었네

농부들이 나무에 올라 과일을 따네
사과는 상자에 담겨 어딘가로 실려가고
새는 사과를 쪼아 먹으려 날개를 푸덕이고
상한 과일을 땅바닥에 던지던 농부
전지가위로 새의 날개를 자르네

사과와 새가 흙에서 썩는 냄새
새는 밤마다 가는 울음으로 허기를 달래고

새의 울음에 나무는 무성해지네
새의 울음에 사과는 붉게 익어가네

과일에서 빠져나온 벌레들이 껍질 위를 기어다니듯
허기진 아이들이 나무 아래로 몰려와
쭈글쭈글해진 뱃가죽 같은 땅덩이에 새를 묻네

무덤에서 하늘을 찌를 듯 나무가 자라고
양 날개처럼 벌어진 나뭇가지마다 새들이 열려
나무를 뿌리째 뽑아 날아가는 새들
오늘, 거대한 나무들이 빈 하늘을 뒤덮으며 날아가네

눈보라 속으로 날아간 마법사

눈보라가 괴물의 울음소리를 내며 몰려오고 있었다 내가 죽자 바람이 멈추고 눈송이는 창문에 달라붙어 나를 바라보고 있었다 어머니가 사진 속에서 걸어나와 내 몸을 껴안고 우셨다 나는 천장으로 날아올라 누워 있는 내 얼굴을 바라보았다 어머니는 파랗게 식어가는 내 손을 쓰다듬고 있었다

차라리 잘되었다 이제 아침을 거르지 않아도,
하루 한 끼만 먹으며 지나치게 마법을 부려 힘이 빠지지 않아도,
돈 없어서 집에만 처박혀 있지 않아도……

나는 어머니의 등을 두드려주었다 어머니는 공기 중을 떠다니는 내 얼굴과 누워 있는 시체를 번갈아 바라보셨다 어머니의 눈동자에서 작은 눈송이들이 쏟아지고 있었다

남의 마법을 흉내내다 괴로워하지 않아도,
나만의 마법을 찾으려 울지 않아도,

누군가의 연락을 기다리며 외로워하지 않아도 된다고요

그때 찬바람이 방 안으로 몰아치고 문이 열렸다 어머니는 서둘러 사진 속으로 걸어들어가 눈물을 닦았다 나는 방 안으로 들어온 주인집 노파와 경찰에게 혀를 내밀었다 시체 1구 발견, 시체 1구 발견, 방 안에 널려 있던 종이들이 어지럽게 날아다녔다 경찰은 무전을 쳤고 눈보라가 점점 울음소리를 크게 내며 입을 벌렸다 월세도 내지 않고 죽어버리다니, 노파는 궁시렁거렸다 천장까지 밀려들어온 찬바람이 내 몸을 밀어내고 있었다

눈보라 속으로,
팔을 벌리자 하늘 끝 눈보라 속으로,
내 몸이 나도 알 수 없는 방향으로 날아오르고 있었다

중독자

타인을 만날 때마다 나는 도망쳐요
며칠을 앓고 나니 가슴에 불길이 타올라요
이것을 어떻게 끄죠 타오르는 불을 끄기 위해
독한 술을 들이마셔요 헛산 내 삶을
어떻게 꺼야 할까요
그들의 말 한마디가 나에게 와서
혈액 속에 꽃이 피듯 천천히 독으로 퍼져요
독을 뿜지 않기 위해 혓바닥을 입속에 말아넣어요
온몸에 퍼진 독을,
밤마다 불같은 글을 종이 위에 휘갈기면
아무리 지우려 해도 꺼지지 않는 글자들
고통이 달아날 때,
내 글을 읽으면 모든 것이 무력해진다고
글자마다 독한 술에 절어 있어
타오르는 불길을 들이마시며 웃는 사람들
천천히 죽어가며,
눈물을 흘려 고통의 불을 꺼야 해요
가슴을 쳐 죄의 불을 꺼야 해요

술이 깰 때마다 종이에 흩어진 글자들을 보면
징그럽게 꿈틀거리는 내 손을 돌로 찧고 싶어요
책을 읽으며,
바닥을 기어다니며 우는 사람들
같은 종족을 확인하듯 흘끔거리며
그들 또한 이제 병으로 세월을 견뎌야겠죠

유리숲

한 소녀가 길을 잃고 숲으로 걸어들어갔다네
유리노루가 꽁지를 감추며 달아나는 유리언덕
그날 무리를 지은 유리새가 숲을 돌며 노래 불렀다네

유리이끼 옆에 신발을 모아놓고
작고 말랑말랑한 맨발로 유리에 찔린 발걸음을 옮기며
유리나무를 보며 황홀에 빠진
소녀는 단 한번 숲으로 걸어들어갔다네

빛처럼 흩뿌리는 유리새의 노래를 들으며
유리가루가 혈관을 할퀴는 황홀함에 취해
소녀는 작고 붉은 발자국을 찍고 있었다네
세상의 모든 것을 반사해내는 유리숲에서
유리장인은 넋을 잃고 사방을 둘러보았네

늙어버린 자신처럼 꽃 피우지 못하는 나뭇가지 사이
나뭇잎들은 공중에 핏방울을 매달고
쓰다듬을 때마다 손가락으로 생명을 튕기듯

투명해진 소녀의 몸을 향해 손을 뻗었다네
핏방울이 오솔길을 만들며 이어지는 유리숲

이제는 백발이 되어버린 유리장인이 눈물을 흘렸다네
발목에서 수많은 꽃송이가 피어나
작은 옹달샘을 만들며 누워 있는
정맥처럼 숨을 쉬는 소녀를 껴안고 울었다네
소녀의 눈썹처럼 유리깃털이 쏟아졌다네
그날 무리를 지은 유리새가 숲을 떠나며 노래 불렀네

자신이 빚어놓은 숲을 처음으로 보게 되는 날
유리숲에 단 한번 꽃이 핀다네
유리숲에 단 한번 꽃이 피는 날
유리강이 넘쳐 영원 속으로 유리새들이 날개를 편다네

거구

거구의 아이가 태어났다 태어나자마자
거구의 몸으로 젖을 빨던 아이,
그 어미가 병든 나무처럼 말라 아이를 밀쳐내도
어미의 젖을 물고 아이는 떨어지지 않았다

배 속에서 어떤 일이 일어났던 것일까
종일 젖을 빨아대는 아이를 떼어놓고 어미는
지친 몸으로 울기 시작했다
하늘은 거대하게 뒤집어진 대접, 폭염이
끓는 젖처럼 유리창 밖에서 쏟아지고
내가 목숨을 바치기 때문에 나를 사랑하신다*

병실 벽에 걸린 액자에서 빛나는 하늘
갈라진 입술로 재앙을 기다리는 사람들
사흘 만에 어미의 덩치만큼 자라
뒤뚱거리며 걷는 아이
굶주림 가득한 어미의 배 속에서 태어나
보이는 모든 것을 먹어치우는 아이

식당으로 걸어가 입속에 밀어넣고
반찬들을 삼킨다 뒤집힌 눈동자처럼
하얗고 투명한 하늘 아래
탯줄은 모든 탐욕을 가르쳐준 것일까
정말, 죽일 수는 없어요, 아이를……
움푹 꺼진 눈으로, 두려움과
찬탄의 눈빛으로 사람들은 바라보았다

건물을 밟으며
그 앞에 꿇어앉은 자들을 밟으며
거구의 몸으로 도시 어딘가를 헤매는 아이를

*요한복음 10장 17절.

난쟁이들은 기차를 타고

　난쟁이들은 기차를 타고 전쟁터로 간다 하늘엔 보이지
않는 관들이 떠다니고 기차를 따라 관들이 북쪽으로 날아
간다

　눈송이를 혓바닥으로 받아먹으며 아이들은 뛰어다닌다
난쟁이의 신부는 꽃을 들고 웃는다 희고 부드러운 얼굴에
꽃송이가 뿌려진다 사내들은 취해 노래를 부르고 신부의
치마를 들추며 낄낄거린다 커다란 접시처럼 혓바닥이 늘어
진 돼지

　신부는 기차를 보며 손을 흔든다 머리에 얹힌 꽃가지가
시들면 난쟁이는 씸벌즈를 떨어뜨리고 군인들은 진창에 코
를 박을 것이다

　진눈깨비, 사과나무 가지 사이로 쏟아진다 관을 내려놓
듯 나무 아래, 신부를, 낙엽 위에 눕히는 사내들, 알코올에
절여진 과일처럼 난쟁이의 얼굴이 머릿속을 떠다니는 겨울

수확해야 할 목숨처럼 익어가는 과일들, 찢어진 살덩이를 땅에 뿌리며 바람이 과수원으로 몰려온다 낙과에 달라붙은 진흙, 사과가 검게 변한다 난쟁이의 목에서 흘러내리는 피를 빨아 먹으며 뚱뚱해지는 흙

　고향의 하늘로 관들이 날아온다 신부는 혓바닥을 내밀고 눈송이를 받아먹는다 하늘은 거대하게 글썽이는 눈동자, 누가 눈꺼풀을 내려 쏟아지는 폭설을 멈출 수 있을까

　늙은 신부는 이웃 마을로 걸어간다 결혼식이 열리는 마을가다 진흙에 돼지의 혓바닥 같은 발자국을 찍으며

　거리 위에 떠있는 수많은 관들, 천천히, 신부를 따라, 사과꽃 어지럽게 날리는 고개를 넘어간다

저습지

눈 내린 습지의 흙들이 얼어붙고
봄이 왔다 추위 속에서 굶주린 가족들이 팅팅 불은
국수를 삶아 먹으며
손바닥을 비비고 있었다
어머니, 이것을 심으세요 자라면 잘라서 팔면 되니

머리카락은 심자마자 고지대로 뻗어나갔다
머리카락을 한 자루씩 잘라
가발공장에 내다 파는 아버지, 자투리로
밧줄을 엮고 이불을 만들어도
하루만 지나면 온 들판을 뒤덮었다
이것들을 뽑아야 감자라도 심을 텐데
뽑아내도 머리카락은 흙 속에서 다시 싹을 틔우고
질기디질긴 넝쿨이 되어
나무를 휘어감고 언덕을 기어올랐다

무더위가 습지를 덮치자 사람들은 웃옷을 벗고
자신들의 머리카락을 자르기 시작했다

가발공장 불빛들이 습지를 둘러싸고
머리카락에서 과일이라도 열렸으면……
이불은 올이 풀려 밤마다 식구들의 목을 조였지만
겨울밤은 너무나 따뜻해
아무도 꿈속에서 헤어나지 못했다

말라 죽은 나무 위로 눈이 내리고 또다시
봄이 왔다 누가 처음 머리카락을 심자고 하였던가
사람들의 눈동자가 횃불처럼 타오르고
얼어 죽은 새들의 날갯죽지가
흙바닥에 붙어 떨어지지 않던 날
머리카락처럼 끌려다니는 소녀를 바라보며
성난 자들은 언덕을 기어오르기 시작했다

툭툭 끊어지는 검은 밧줄을 악착같이 붙잡으며
굽은 손가락으로,
눈송이가 날려 보이지 않는
한번도 가보지 못한 습지 너머의 땅을 찾아

머리카락

엄마가 도마에 누나의 머리카락을 올려놓았어
가지런히 땋아놓은 머리카락을 칼로 썰자
김밥처럼 동그랗게 말린
머리카락 한 접시가 상 위에 올려졌어

남은 머리카락으론 무엇을 만들까
고춧가루와 양념을 넣고 냄비에 끓여
국을 만들어보자
뚜껑이 들썩이며 비명을 질렀어
머리카락이 냄비에서 빠져나오려고 꿈틀댔지

누나는 식구들의 입을 보며 박수를 치고
자신의 머리카락을 젓가락으로 집어
한참 동안 씹으며 맛을 보았어
지문을 삶아놓은 듯 국 속에서
수많은 기억의 덩어리들이 풀어지고
무슨 약을 넣은 것일까
냄비 속의 국을 마시면 이상하게 잠이 쏟아졌지

나는 저녁마다 국을 끓여달라 졸랐어
순식간에 어른이 되고
길을 헤매고, 취해 집에 돌아오면
금방 곯아떨어져 잠꼬대를 시작했어

목이 말라 수돗물을 마시려 벽을 짚고 일어섰어
구겨진 종이 위에
누가 흘리고 간 비명 소리일까
잘린 머리카락처럼
겁에 질린 낙서들이 사방에 흩어져 있었어

아직 완성되지 않은 시

굶은 지 사흘째 되는 날
죽은 앵무새가 내 어깨에 앉아 노래했다
옷을 주워 입고 나는 집을 나섰다

내 깃털을 뽑아 글을 써 그러면 돈을 벌 수 있겠지
나는 유명 작가의 집에서 길러진 앵무새야
이것만 완성되면 나는 살 수 있을 거야
어릴 적 해넣은 금이빨을 팔아
주머니에 돈을 넣고 식당으로 걸어갔다
너는 유명 작가가 될 거야
나는 더 버틸 힘이 없어 먹지 않으면 일주일 안에 죽을
거야

나를 바닷가에 묻어주고 이 깃털로 글을 써
어깨에 올라앉은 앵무새 깃털에서 악취가 났다
지금은 안돼 쌀을 사러 가야 해
편집자는 놀랄 거야 독자들은 게걸들린 듯 책을 살 거야

삽을 한 자루 사 주홍빛 앵무새를 묻어주었다
깃털이 햇볕 위에서 일곱가지 색으로 살아났다

이제까지 쓴 것들을 다 버리고 다시 써야 해
깃털이 말했다
먹지 않으면 일주일 안에 나는 죽을 거야
처음부터 쓸 시간이 부족해
더구나 이 글에는 내 영혼이 들어 있어
이것을 보낸다면 아무도 네 책을 출판하지 않을 거야
구원은 너를 살릴 식량 속에 들어 있어

앵무새 깃털이 불러주는 대로 나는 다시 쓰기 시작했다
쌀이 떨어지고 사흘이 지났다
내가 죽던 날 밤 앵무새가 꿈속에 나타났다

잉어사육

이것을, 어머니 왜 보내셨어요?
아이스박스에 살아 있는 잉어가 들어 있었다
아버지가 옆집에서 몇만원이나 주고 사오셨다
죽이지 말고 잘 키워라
그런다고 세상이 달라지지는 않아요, 어머니
제 인생이 달라지지도 않아요

칼을 들이대자 그놈은 사람처럼 눈물을 흘렸다
콧구멍으로 콧물도 흘렸다 도로 수족관에 풀어넣자
잉어는 나를 비웃으며 천천히 지느러미를 흔들었다
잉어는 사람의 다리처럼 생겼다
배가 고플 때마다 수족관을 발로 차듯 쿵쿵 들이받았다
너는 지난번의 가물치처럼 나를 죽이러 왔구나
어머니 잉어를 키울 수 없어요
너는 어릴 적 잉어 보기를 좋아했잖니……

잉어가 밤마다 울기 시작했다 나는 잠을 잘 수가 없었다
잉어를 집에서 키우면 복이 들어온다더라

사료를 너무 많이 먹어 뚱뚱해진 잉어,
더이상 키울 수 없어요, 안된다 복이 달아나
이건 잉어가 아닌 것 같아요 잉어는 내 키보다 더 크게
자라나요
절대 죽이면 안된다 네 형의 영혼인지도 몰라
툭하면 우는 게 죽은 그애랑 똑같구나
그렇다고 세상이 바뀌지는 않아요, 네 인생도 좋아질 거다
어머니와 아버지는 번갈아 전화를 했다

나는 수족관에 소주를 들이붓기 시작했다
잉어는 늙은 어머니의 화난 얼굴로 변해가고
잉어야, 너도 나와 같이 죽자꾸나
잉어의 배에 칼을 집어넣었다
어머니는 잉어를 좋아하는 저를 웃으며 바라보셨지요
내 얼굴에서 콧물이 흘러내리고 이불이
잠을 빨아들이듯 방바닥의 핏물을 삼키며 뚱뚱해졌다
누구의 목소리일까, 누구의
조금만 더 숨죽이고 기다려보자꾸나, 조금만 더……

열매나무

너, 그 반짝이는 책가방 어디서 났니? 저 나무에서 따왔어요!

세상에, 호랑이도 원숭이도 돌고래도 코끼리도 꿩도 열리는 나무가 있다니

할아버지, 앞으로 무엇이 또 열릴 수 있을까요?

농기구가 열리고, 가죽신과 낚싯바늘이 열리고, 축구공과 로켓이 열리고, 로켓을 설계한 넥타이가 열리고, 넥타이에 목맨 사내가 열리고……

그런데 우리를 잡아먹는 것이 열리면 어떡하죠?
어서 나무를 베어버리자!

아이는 나무로 기어올라 꼭대기에서 도끼를 따서 내려왔다

가지 끝에 열려 있던 호랑이가 가죽을 남기고, 원숭이가 꼬리로 자기 목을 감고, 코끼리가 귀를 펄럭여 해일을 부르면 죽은 돌고래가 어뢰로 변해 다른 해안으로 몰려갔다 항구의 하늘, 오, 반짝이는 글자들이 재로 변해 쏟아지다니……

어서, 저 글자들을 다 받아 적어라!
학교 가기 싫어 죽겠어요, 팔이라도 부러지면 좋을 텐데……

할아버지, 그런데 제 팔과 다리는 왜 이렇게 나뭇가지처럼 단단하죠?

꿩의 꽁지털에 잉크를 찍어 쓰던 시절, 넥타이를 매고 학교 가는 너도 그 나무에서 열렸단다

예언자

그는 도시의 모든 비밀을 알고 있었다
수백년 동안 죽지 않은 최고의 예언자였기 때문이다
그와 이야기하기 위해 몰려온 사람들 중엔
언어가 달라 말이 통하지 않는 부족장들도 있었다

그의 식사는 반죽된 시간으로 구워진 빵 한 덩어리
죽은 자식을 떠올리는 여인의 눈물 한 컵이 전부였다
모든 고민들에 자신의 영혼을 덜어주느라
그는 너무 가벼웠다
그의 육체는 공중으로 떠올라
한번도 지상에 발 디딘 적이 없었으므로
사람들은 그를 올려다보며 더 많은 근심들을 쏟아내었다

그는 한 발자국도 움직이지 못하고 앉아 있어야만 했다
다른 사람의 고민을 들어주느라
뚱뚱해진 기억을 뒤챌 때도
수많은 기억 사이 자신의 과오들을 숨겨야 했으므로
거북이처럼 느릿느릿 커피를 마셨고

너무나 끔찍한 이야기를 듣거나 기쁠 때는
목을 움츠리거나 잠깐 뺄 뿐이었다

어느날 수많은 훈장을 단 군인이 찾아와 목에 칼을 들이
대었다
자리에서 내려와 발아래 무릎을 꿇고
앞으로 일으킬 쿠데타의 성공 여부와
정적들의 반란 계획에 대해 점을 치라고 하였다
두려움에 움츠러진 목이 펴지지 않자
군인은 주저없이 주름 많은 목을 잘랐다

예언을 시작한 이래, 수백년 전의 것들부터 최근까지
보고 듣고 맛보았던 기억들이 솟구쳐올라
도시의 하늘에서 불발탄처럼 폭발했다
불빛에 놀란 군인의 수하들이 체포되고
근심 많은 자들은 불꽃놀이를 보며 처음으로 환하게 웃
었다

가물치

조선족 친구가 새해 인사로 가물치 한마리를 선물했다

가물치는 쉬지 않고 먹어댔다 배가 고프면
밤에도 뛰어나와 널려 있는 책과 이불 속으로 기어들어
왔다
가물치야! 십년이 넘도록 힘들게 살고 있는 나는
너에게 먹이를 사줄 만한 형편이 되지 않는구나
고무통의 물을 빼고 죽게 내버려두었지만
가물치는 며칠째 버티고 있었다 몸을 웅크리고 숨만 쉬며

먹던 밥을 고무통에 던져주자 단숨에 삼켜버리는 가물치
그날부터 음식물 쓰레기를 먹어치우는 가물치
밤이면 뛰어나와 거실과 방바닥을 기어다녔다
이것 좀 다시 가져가다오 제발!
호수나 하수구에라도 버려 어디서든 죽지 않고 살 거야
친구는 귀찮은 듯 전화를 끊었다 비가 오는 날
가물치를 하수구에 버렸다 엄청난 식욕으로
겁먹은 눈으로 하수구 속을 헤엄치는 가물치

해가 지나 돼지고기가 불판에서 뒤집힐 때
호수에 놀러 온 어린아이까지 잡아먹었대……
카메라가 하수구를 비춘다 놀란 인부들이 맨홀 속에서
기어나온다 먹을 것만 보면 임신부처럼 눈을 번득이던
가물치
취한 눈으로 나는 TV를 본다 아직 소화되지 않은 아이들이
가물치 배 속에서 쏟아져나와 눈을 감고 누워 있다
다시 가물치가 내 방을 헤엄쳐다니겠구나

뉴스가 나간 이후 범죄인들이 하수구로 숨어들었다
그들은 낮 동안 전혀 움직이지 않고 두리번거리다
밤이 되면 거리로 쏟아져나왔다
맨홀 뚜껑 밑에서 허기와 범죄의 기억을 곱씹으며
밧줄에 묶여 버둥거리던 시간을 뒤로하고
지상에서 불어오는 화장품 냄새에 온몸을 꼬며……

유흥가 골목에 하나둘 불이 켜진다

검은 체크무늬 점퍼를 입은 사내가 주머니에 손을 찔러
넣고

걸어간다 전날 먹은 쓰레기들을 소화시키려

꿈틀거리는 내장처럼 꼬인 골목의 어둠 저편으로

군항제

퇴역군인들이 팔을 흔들며 군가를 부르기 시작한다
항구에 배가 들어왔다 시체를 가득 싣고,
부두에서 인부들은 마스크를 쓰고 얼음에 넣어온 시신을
어깨에 둘러메고 걸어간다

배가 떠나는 날처럼 창녀들이 쏟아져나왔다
아침 마당에 새끼 쥐 한마리가 죽어 있었다 발이 부은 듯
새끼 쥐는 발바닥으로 하늘을 가리고
만국기가 날리는 거리 위로 행렬이 시작되었다
피투성이 얼굴이 화면에 잡힐 때마다
취한 사내들은 여자들을 끌고 가 옷을 벗겼다

　침대에 누워서도 여자들은 텔레비전에서 눈을 떼지 못
했다
　오늘은 죽은 사내들을 실은 군함이 도착하는 날
　군악대가 지나가고 조그만 항구의
　처녀들이 장롱에서 옷을 꺼내 입는다
　자신의 눈동자처럼 쏟아지는 빗방울에 떠내려가며

새끼 쥐는 하수구를 찾지 못해 허둥거리고
배가 떠나는 날부터 사창가를 지키는
여자들은 아이들에게 돈을 쥐여주며 심부름을 시켰다

쥐새끼처럼 맑고 까만 눈동자가 흐려질 때까지
아이들은 비행기만 보면 손을 흔들었다
바다 너머 먼 나라에 전쟁이 끝나가고
군인들의 시체가 배에 실려올 때마다 늦었어요 하느님,
오늘도 지각이에요 응급실에서 귀신들이 킥킥거렸다
그리고 나는 알고 있었다 구원받는 자는
죄를 모르며 죄는 인간을 사랑하지 않는다는 것을
죽은 자식이 돌아올 때 아버지들은 더 많은
사내를 낳아야 된다고 소리 질렀고 어머니들은 통곡했다
그러나 그 작은 신의 어깨는 너무 초라해서
누구도 그를 두려워하지 않았다

퇴역군인들과 장사꾼들은 전쟁이 터지길 기다리고
복수를 외치며 사내들은 더욱 용감해졌다

문어처럼 천천히 냄새를 풍기며 늙어가면서도
더욱 질겨지는 살결을 찾아온 사내들이 목을 감았으므로
가장 늦게까지 항구를 지키며 늙어가는 창녀들만이
또다시 군함을 기다리며 지는 꽃잎을 바라보았다

혈국(血國)

   과일의 즙을 짜서 그릇에 담아보면 물체의 크기를 측정
할 수 있다
   인간의 피를 짜면 하나의 왕국이 세워지고
   그 벽이 무너질 때 또 같은 양의 피를 흘린다고 한다
   오늘, 조그만 도시를 통치하던 늙은 권력자가 죽었다

   장례식이 축제의 도살장으로 변하고
   사람들은 그가 누렸던 권력의 깊이만큼 접시를 펼쳐놓
는다
   상 위에 차려진 음식 냄새가 왕국을 가득 덮는다
   냄새를 따라 곳곳에서 몰려드는 가난뱅이들을 보라
   웃으며 게걸스레 접시를 비워대는
   저들의 표정은 순간순간 음식 모양으로 바뀐다

   마지막 남은 핏방울마저 혓바닥으로 핥아 먹으면 그들의
얼굴이
   흰 접시 위에 올려져 잔칫상을 장식할 것이다
   가난뱅이들의 표정을 젓가락으로 집어 먹으며

부자들은 음식의 풍부하고 다양한 맛에 감탄한다
피 한 방울 묻히지 않고 고기를 씹는 입술이
웃을 때마다 더욱 건강해 보인다

또다시 숫돌에 물이 뿌려지고 먹을 것을 따라
돼지 한마리가 꿀꿀거리며 뒤뜰로 걸어간다
부모를 찾아온 아이들이 놀라 접시를 바라본다
칼 든 자의 무표정한 눈빛과 칼날의 단순함에 취해
접시에 차려질 음식 냄새에 취해
웃으며 박수 치는 아이들의 표정들
나는 이야기를 듣지 않는 아이들에게 지나간 이야기와
이야기의 무력함과 그래도 말할 수밖에 없는 이야기를
접시의 가짓수만큼 풀어놓는다

가난뱅이들의 웃음으로 우려낸 국물을 마시며
하품을 하는 아이들의 눈썹이 길어지고
아저씨, 재미없는 이야기 좀 그만하세요!
마실수록 취하는 술을 취하지 않을 때까지 마시며

내 몸을 짜서 오늘, 한편의 시를 쓰는 밤
돼지가 그들의 얼굴을 잊어버리고 고기로 변해 나오듯
잠에 빠진 아이들이 국그릇에 숟가락을 떨어뜨린다

찌그러진 과일을 즙에 담가도 원형을 회복하지 못하듯
내가 쓴 시가 지나간 시간을 되살릴 수 없다는 것을 안다
술을 뿌려도 아무도 다시 살아나지 못한다는 것을 안다
오늘, 조그만 도시를 통치할 젊은 권력자가 선출되었다

쇠나팔

그 소리는 창끝처럼 날카롭다
그 소리는 차고 딱딱한 자궁에서 태어나
그 소리는 둥글디둥근 입술에서 흘러나온다
그 소리는 장인의 근육과 망치에 눌려
그 소리는 새벽 이슬방울에 스며들고
그 소리는 모든 종말의 순간에 울려퍼진다
그 소리는 죽은 자들을 일깨우며
그 소리는 황혼의 무덤 위에서
그 소리는 근육을 터뜨리고 망치를 들어올린다
그 소리는 피 묻은 대장장이의 손으로
그 소리는 모두를 불러모으고
그 소리는 고통 없이 심장을 뚫고
그 소리는 눈먼 자들을 주저앉히며
그 소리는 분노를 녹여
그 소리는 검은 땅에 패배의 씨앗을 흩뿌린다

우는 심장

나를 죽이고 김이 나는 심장을 꺼내가
라고 말하면 네 심장이 우는 소리
너를 저주할 거야 어떻게 살아가든
그날 나는 죽어서 사라졌어야 했는데
이제는 지쳐 죽지 못하고
술집을 전전하며 노래하네 우는 심장을 들고
노래하는 심장을 사세요!
누군가 나를 알아볼까 탁자 밑에 손을 숨기고
왜 아직 살아 있는 거지
너는 나에게 묻지
미안해, 아무것도 할 수 없었어
나는 할 수 없이 살아졌던 것이라고
심장 속에서 몸을 말고 잠을 자다
누군가에게 심장을 팔러 걸어갔지
냄비에 넣어 오래 요리하면
핏물을 뱉어내며 웃는 심장
심장은 나에게 묻지
왜 아직 살아 있는 거지

나는 할 수 없이 사라졌던 것이라고
술잔을 비울 때마다
심장이 우는 소리로 나에게 노래했지
나를 저주할 거야 어떻게 살아가든
형편없는 가격으로 심장을 팔아버리고
술집 구석에 앉아 노래하는 심장을 떠올리네
심장이 우는 소리로 나에게 노래했지
나를 죽이고 김이 나는 심장을 꺼내가
나를 죽이고 김이 나는 심장을 꺼내가
취해, 자면서도 우는 소리가 들리네

사자의상

상점 앞에서 나는 눈송이를 피하고 있었다
死者衣裳이라는 나무 팻말이 달린 문을 밀치고
젊은 여자가 보따리의 피 묻은 옷을 꺼내며 운다
아주 좋은 물건을 가져왔구려
주인 노파는 웃으며 젊은 여자에게 돈봉투를 건네준다
무엇이 좋은 물건이냐고 나는 물어보았다

죽은 사람의 옷을 입으면 그 마음을 읽을 수 있다네
오늘 아침에 죽은 자식의 옷을 가져왔수
사라지는 여자를 바라보며 카드를 뒤집는 노파
안됐군, 더 안 좋아지겠어 운세를 보니,
거기 널려 있는 물건 중에 아무거나 입어보구려
첫 손님에게는 아무것도 받지 않는단 말이우
노파는 나에게 널려 있는 옷가지 중에 하나를 건넨다

옆구리의 통증 때문에 식은땀이 흐르고
── 병원비를 아까워하는 자식의 눈을 피하고 싶어요
얼마 전 죽은 할망구의 스웨터를 입었구먼

가죽잠바 한번 입어보시우 멋지게 살았을 테니
―젊은 여자를 강간하고 건달로 살다 칼에 찔리는
상상만 하다 갔습니다 의외로 소심한 인생이었어요
잠을 잘 수가 없었다, 그날 이후

상점을 들르지 않으면 잠을 잘 수가 없어요
노파는 나를 보며 다시 카드를 뒤집었다
死者衣裳에 맛을 들이면 다시 찾을 수밖에 없다우
새벽의 길, 눈 내려 푸르게 빛나는 날
많은 돈을 탕진하고 나는 빈털터리가 되어 걸어갔다
주머니의 돈을 모두 쥐여주며 노파에게 말했다
그 어린아이의 옷을 주세요 빨리
아이의 옷에 코를 파묻자 눈물이 쏟아지기 시작했다
눈송이·살·빛·눈동자·물·엄마·난로·젖 냄새
역시 제값을 하지요? 이젠 더 입어볼 옷도 없을 겝니다

그리고 나는 몇달 동안 편안한 잠을 잤고
봄눈이 내리는 날 다시 가게 문을 밀쳤다

어쩐 일이우, 또 어떤 옷을 입어보시겠수?

말없이 내 옷을 벗어주었다

카드 속 나의 운세는 무엇이었을까 나의 운세는……

오늘 밤에 죽을 사람의 옷입니다

틀림없이 자신의 책을 찢다 목을 매고 자살할 거예요

영벌(永罰)받은 자의 노래
조재룡

현실이, 늘 다른 현실일 수밖에 없다는 사실을 시시각각 통보해올 때, 시는 역설적으로 현실에 대한 강력한 지지를 이끌어낸다. 시가 무언가를 고안해내는 순간은, 기존의 삶이 다른 삶으로 향하는 그 변화의 길목을 지키고 앉아, 모순된 것들이 모이고 또 흩어지는 순간을 발견하고자 힘겨운 내기를 거는 순간이며, 이때 시는 벌써, 부분으로 전체를 예감하고, 전체로 부분을 끌어안으며, 허허벌판에서조차 긍지 하나로 순결한 말을 피워올린다. 김성규의 두번째 시집『천국은 언제쯤 망가진 자들을 수거해가나』에 감도는 비장함은 바로 이 긍지에서 비롯된 것이다. 그의 시를 읽다 보면, 우리 모두가 재난 속에서 살아가고 있는 것은 아닌가 하는 생각을 하게 된다. 김성규는 폭력적 현실에 굴복하거나, 대안을 찾아 삶의 피안을 기웃거리며 희망이라는 차가운 형이상학을 염원하는 대신, 재난의 한복판으로 자신의 모든 것을 짊어지고 뛰어들어, 세계의 적나라하고 추악한

121

양상들을 땀내 나는 언어로 기록해나가는, 한없이 고통스러운 길을 선택한다. 그의 시선이 놓인 곳은 따라서 자본주의의 세태가 집약된 곳이나 그 비판의 경종을 울리는 진원지가 아니라, 세상의 끝 간 곳에 모여 사는 사람들, 폐허로 변했거나 이미 폐허일 뿐인 곳에서 무언가를 착수하고 또 마감해야만 하는, 우리들의 일그러진 자화상이다. "여기 들어오는 자, 모든 희망을 버려라"라는 "어느 문 꼭대기에 쓰인 어두운 글자들"을 읽으라고 권고하는 단떼의 『신곡』이 지옥에서 빠져나오는 이야기였다면, 김성규는 오히려 지옥으로 들어갈 수밖에 없는 이야기, 지옥에서 되풀이되는 비극을 골간으로 삼아, 시집 전반을 "가난이 재난을 찾아가"고 "재난이 가난을 찾아내"(「해열」)는 참혹한 사태로 물들인다. 그 지옥에 출구 따위는 마련되어 있지 않은 것이다. 전말은 벌써 전도되어 있다. 시집의 첫 작품 「적도로 걸어가는 남과 여」의 전문이다.

지뢰밭 가운데서
한 남자가 일직선으로 걸어가고 있었다

적도를 따라 걸어가는 중입니다
왜 적도로 가느냐고 묻자,
전쟁이 끝나 우리가 만날 수 없을 때

부서진 건물 사이를 지나
너는 왼쪽으로 걸어
나는 오른쪽으로 걸을게
서로를 찾아 헤매다 어디에서도 만날 수 없다면
적도를 향해 걸어가자

지뢰밭 가운데서
한 여자가 적도를 따라 걸어가고 있었다

  길을 떠나기 전에 남녀는 "지뢰밭 가운데" 있었다. 애초의 장소가 전쟁터였다는 것일까? "전쟁이 끝나 우리가 만날 수 없을 때"라는 것은 '지금-여기'가 전쟁 중이라는 사실을 암시하지만, 방점은 서로 만나지 못할 그들의 운명을 확인하는 데 놓인다. 서로의 거리가 좁혀질 가능성은 아예 존재하지 않거나, 심지어 그래서는 안된다고 생각하기 때문이다. "적도를 향해" 그저 걸어가야만 하는 것이라면, 이 위도 $0°$의 장소는 아무것도 존재하지 않는 텅 빈 세계라기보다, 오히려 지옥에 가까운, 지금-여기이며, 그런데도 이곳에서 누구나 같은 길을 가고 있다고 말하는 것은, 우리 모두, 원죄에 붙들려 있는 존재라는 인식이 자리하기 때문이다. 그런데 이 원죄를 짊어지고 있는 사람은 우선 시인 자신이다.

1. 심문관-망명자-정원사의 숨바꼭질

상처뿐인 영광을 간직할 수 있는 사람, 공포가 삶의 원동력을 구성한다고 생각하는 사람, 삶의 인터페이스에 들러붙어 있는 남루하고 비루한 것이 이 세계를 흥건히 적시며, 더구나 삶 자체를 성립하게 해주는 근본적인 조건이라 여기는 사람들은 사실, 예술가들뿐이다. 예술이 최고의 유행을 구가하며 쉴 새 없이 사람들의 입에 오르내리곤 했던 19세기 중후반 서양에서도 예술가들은 제 자신을 스스로 죄를 부여한 자라고 여길 수밖에 없는 사회적 환경을 감내하며 살아가야 했다. 제 몸뚱이 외엔 기댈 곳이 없는 저 저주받은 운명을 그러나 그들은 거부하지 않았다. 그러려야 그럴 수가 없었기 때문이다. 감각의 극대화를 통해서, 총명과 예지를 일깨우기 위해 늘 도취 상태에 젖어 있어야 한다고 자신을 채근하며 매일같이 세상과 자신을 향해 고통의 주술을 걸어야 했던 그들에게, 제 자신은 벌써 죄인이나 다름없는 타자였다. 그들이 짊어진 마음의 굴레는 존재의 버거움이었으며, 벗어버리기 위해서가 아니라, 자진해서 짐을 져야만 하는 운명을 직시하고 그 무게를 감당하기 위해서라도, 시인들은 혼란스러운 현실에서조차 그 정신만은 항상 예민해서 맑고, 민감해서 각성된 상태를 유지해야만 했다. 제 노동의 산물을 오롯이 점유하지 못하게 된 기술복제 사회에서, 시는, 구원을 참칭하는 진단이나 함부로 내뱉는 확신, 선동으로 물든 진보의 프로파간다와 맞서 싸우면서, 힘겹게 피워올린 어둠의 불꽃이자 실존의 몸짓이었다. "다시는 가지 말아야 할/그래서 갈 수 밖에 없는 길"(「눈 위에 찍힌 붉은 발자국」)을, "이미 지워진 발자국/되돌아갈 수 없는 길"(「유랑」)을, 그러나 밟아나가야 한다고 다짐할 때, 스스로에게 형벌을 부여한 시인은, 상품으로 기어이 모든 것을 환원해내고 마는 이 사회, "밤마다 베고 자던 구름에도 세금을 매기는"(「얼음궁전」) 세상의 한복판에서, 제 시로 구원의 한 자락을 붙잡을 수 있을 것인가.

눈 쌓인 나뭇가지를 만지며 심문관은 하늘을 본다
몇해 전 망명자가 잡고 있던
미루나무 가지에 다시 새잎이 돋는다

심문관도 정원사도 봄눈이 녹으면
일을 그만둘 것이다
그도 최선을 다해 심문을 했고 정원사도
겨우내 죽은 나무에 물을 주느라
허파에 물이 차오르기 시작했기 때문이다

(…)

　눈송이가 녹아 흐르는 시간만큼 심문관은 의무를 다할
것이며, 이 세상에 심판 없는 시간만큼 나무들은 자라지
않을 것이며, 아무런 규칙 없는 봄이 끝나면 정원사는 가
위를 들고 하늘로 솟구칠 것이다

　　스스로를 형틀에 매달고 살아가려는 망명자들
　　그들은 우연을 믿지 않는다
　　햇볕 속에서 신음하던 나뭇가지가 땅바닥에 떨어진다
　　오늘 또 한명의 망명자가 체포되었다
　　　　　　　　　　　　　　　　　　　──「심문관」 부분

　끝 간 곳을 벌써 짐작하고 있는 것일까. 모든 것이 결정된
것이나 다름없다는 저 예언의 말투('~할 것이다')에서 우
리는 삶에서 온갖 신비를 거두어들인 한 젊은 시인의 절망
과, 새로운 것이란 아예 존재하지 않거나 차라리 존재하지
말아야 한다는, 참혹한 세계관을 엿보게 된다. "스스로를
형틀에 매달고 살아가려는 망명자들"은, 모든 역할이 이미
정해져버린 세계라는 어두컴컴한 감옥의 철창 사이로 새어
들어올 빛 따위에 내기를 걸지 않기에, 결코 "우연을 믿지
않는다". "망명자"는 스스로에게 벌을 내린 자이며, 그는

곧 시인이다. 그는 "자신이 새긴 글씨가 상처인 줄 모르고"
(「방언(方言)」) 고통의 말을 토해내지만, "세상 끝까지 절름
거리며 떠돌아다닐 수 있"다고 말하는 "눈이 멀어버린"(「두
눈을 감고 노래해도」) 장님처럼, 영벌받은 자의 운명을 짊어
지고 살아가기에 "마귀가 불러주는 주문"(「방언(方言)」)을
기록해낼 영험을 얻는다. 김성규에게 시인이라는 존재는
"구원받는 자는/죄를 모르며 죄는 인간을 사랑하지 않는다
는" 사실을 직관으로 "알고 있"(「군항제」)는, "예언자"(「예
언자」)나 "위대한 마법사"(「미식가」)를 자청하는 자이자, 이
세계에서 "자고 일어나면 병이 깊어지는"(「해열」) 사람이
며, 그런 자신의 운명이 삶이 내린 기꺼운 행운만은 아니라
고 말하는 "망명자"이다. 불길한 기운과 파국의 전조를 예
감할 수 있기에, 불행만이 시인의 몫으로 남겨지는 것은 아
니다. 김성규는 심문관-망명자-정원사의 숨바꼭질과도 같
은, 저 '묻고 대답하고 일하는' 삼각구도의 놀이를 통해, 파
국이 몰고 온 폐허 위에서, 톱니처럼 서로 맞물려 제 역할
을 반복해야만 하는 정치가-시인-노동자의 속절없는 운명
을 알레고리의 산물로 치환해내는 놀라운 재능을 보여주기
때문이다.

　　모든 나뭇가지가 하늘로 향하고 결국 지상으로 쓰러지
　듯 모든 길은 결코 집으로 돌아오지 못합니다 딱지를 떼

기 전 피가 흘러나오지 않듯 우리가 맛보지 않은 향기는
상처 안에 갇혀, 상처를 벌리지 않고는 아무도 그 향기를
볼 수 없습니다

　수없이 피고 지는 망명자의 표정을 보며
　그 표정으로 쏟아지는 굴욕적인 햇살과 햇살을 쓸고
지나는 바람을 보며
　심문관은 탄복하고

　가가가지를자자르지아않고사사살수없는저정원사와
　스스스로베베어지길기기다리는마망명자
　가같은모양가지가보보고싶은시심문관
　우리는하하한번도저저저전지되지않은으으의심을수
숨긴자자자들입지요

　주인 없는 정원을 떠난 정원사는 형장에 펼쳐진
　거대한 나무들을 손질하며 말을 더듬고
　형장으로 통하는 길에 심겨진 미루나무
　그 나무를 잡고 망명자가 마지막으로 보았던 하늘
─「정원사」 부분

일을 해야 살아갈 수 있는 "정원사"는 '같은 모양의 가지

를 보고 싶은 심문관'과 모순관계에 놓여 있는 것 같아도, 희생양은 이 노동자가 아니라 차라리 시인이다. 자본주의 사회에서 시인은 제 애인을 창녀로 팔아넘겨야 하는 심정으로 시를 쓰는 존재일 수밖에 없다고 말하는 것일까. "심문관"이 "망명자"를 핍박하는 것은 오로지 정원사의 노동을 부정하는 행위를 통해서만 가능할 뿐이며, 반면 "망명자"는 바로 이와 같은 사실을 직시하고 있기에 '스스로 베어지길 기다리는 것'을 제 운명으로 여길 수밖에 없는 존재로 그려진다는 사실에 주목해야 한다. 김성규의 시가 보여준 독창성은 바로 이렇게, 인물의 분배만으로도 진보에 맞서는 강력한 알레고리를 착안해낼 줄 아는 능력에서 솟아나며, 우리는 부분으로 전체를 꿰뚫는 이 알레고리를 삶의 음화(陰畵)가 아니라, 차라리 역동적인 사실주의의 세계로 입장하는 시의 고유한 형식이라고 해야 할지 모른다. "한번도저저저전지되지않은으으의심"은 이렇게 아무것도 할 수 없다("전지", 剪枝)나 모든 것을 알 수는 없다("전지", 全知), 심지어 나아갈 수 없다는('전진'으로 읽을 경우) 사실도 지시한다. 그러니까, 그 어떤 경우에도 의심을 거두어들이면, 그 순간이야말로 시가 종말을 선언하는 순간이라고 시인은 힘주어 말하고 있는 것이다. 이 재난의 시가 매우 단호한 동시에 정교한 까닭은, 정화나 용서, 구원이나 화해처럼 파괴 이후에 도래할 피난처를 제거해낸 후 그 자리에,

현실에서 육박해오는 공포와 기괴한 증오를 파편과 같은 긴장의 사건으로 치환하여 위치시키기 때문이다. 눈여겨봐야 하는 것은 원죄라는 큰 줄기의 이야기로 자잘한 요소들을 한번 더 뭉뚱그려내야만 하는 독서를 독촉하는 데 김성규의 시가 성공적으로 합류한다는 사실이다. 김성규는 과도한 비관주의자가 아니라, 부분으로 전체를 예고하고, 전체로 부분을 끌어안을 줄 아는 시, 어두워지면 거울이 되는 창(窓)과 같은 알레고리의 시로, 추와 미, 추상과 관념, 구체와 현실의 이분법을 뛰어넘는 곳에서 새로운 감각을 실현하는 투철한 전사인 것이다.

2. 재난의 숭고함

어두워서 찬란한 시, 차라리 아파서 숭고한 시가 있다. 칸트가 그토록 각별히 여겼던 숭고와는 사뭇 다른 숭고, '절대'라는, 지극히 순수한 상태로 우리를 이끌어주는 숭고의 맞은편에 자리한 숭고가 여기 있다. 황홀감과 웅장함, 장엄함과 위대함, 항용 말해왔던 고양으로서의 성스러움은, 차라리 잔혹함과 끔찍함, 절멸의 고통으로 잠식된 괴괴하고도 처참한 세계에 제 주권을 넘겨주어야 할지도 모른다. 지옥의 형해와도 같은, 말끔하기는커녕 우울과 불행으로 일그려진 괴물의 형상과 기형의 "꼽사춤"(「꼽사춤」)에서 뿜어 나오는 숭고는 새하얗고 눈부신 숭고가 제 이면에 감추어 놓은 얼굴이다. 그것은 고대 그리스 말기의 롱기누스의 숭고, 영혼을 한껏 들어올리는 고양이나 하염없이 차올라오는 환희로 충만한 숭고가 아니다. 김성규의 시를 지배하는 것은 찬란한 서정과 고고한 육신의 텃밭에서 가꾸어낸 영혼의 위대함이 아니라, 재난의 세계에서 파편처럼 솟아올라 산화하는 정신이라는 불꽃의, 그 순간의 장엄함이다. 그것은 고상하고 화려한 숭고가 아니라, 전율과 우울의 지평 위로 괴괴하게 번져난 공포의 숭고에 가깝다. 이 설명하기 어려운 성스러움은 폭설과 한파, 폭풍과 강우, 풍랑과 파도의 음습과 격정 속에서 살아가는, 분노의 얼굴과 늙은 자의 초상에서 번져나며, 재난이 뿌려놓은 전유물들을 위태롭게 부여잡고, 폐허의 가시밭에서 내지르는 함성에서 터져나온다.

옆집도 소용돌이에 떠밀려 천천히 대기권 위로 떠올랐어요 집들이 하늘을 날아다니고 있었어요 화장실 문을 열다 나는 떨어질 뻔했지요 이불을

뜯어라 낙하산을 만들어야지 어머니는 서둘러 바느질을 시작했어요 거대한 나무가 구름 위로 솟아올랐어요

저기에 매달리면 더 높은 곳으로 날아갈 텐데 동생이 말했어요 누나가 머리를 쥐어박았지요 밀가루 반죽 같은 구름을 둘둘 말아 빵을 구워 먹으면 좋겠다 아버지는 또 취해서 정신이 없었어요

　폭풍이 멈추면 어떻게 하지? 그러면 우리는 바삭콩이 되는 거야

　삼촌은 도표를 그리기 시작했어요 마을 전체가 알 수 없는 땅으로 날아가는 거야, 신난다! 동생이 소리쳤어요 하늘을 보며 기도합시다 하수도관을 타고 동네 목사님의 설교가 시작됐어요 모두들 넋을 놓고 하늘을 봤어요 이 곳이 곧 하늘이란다 삼촌은 컴퍼스를 돌리며 말했어요

　더 바라볼 하늘이 없었어요, 이 폭풍이 언제 멈출지는 아무도 몰라

　(⋯)

　차라리 재앙이 계속되어야 해 올라갈 곳은 없고 오직 떨어질 일만 남았지

바느질을 멈춘 어머니, 몸을 말고 자는 아버지, 지붕 위에서 사방을 바라보는 동생, 기도하는 누나와 잠에서 막 깬 나는 책상에서 볼펜을 놓지 않는 삼촌을 바라봤어요 재앙이 끝나면 우리는 어디로 떨어질까요

—「폭풍 속으로의 긴 여행」 부분

"더 바라볼 하늘"은 없으며, 높이 올려다볼 곳도 존재하지 않는다. "폭풍이 언제 멈출지는 아무도" 알지 못한다. 살아가기 위해서, 어쩌면 폭풍은 계속 몰아쳐야 하는 것인지도 모른다. 폭풍이 멈추는 순간, 우리를 기다리는 것은 오로지 절멸("바삭콩")이라고 말해놓았기 때문이다. "폭염이/끓는 젖처럼 유리창 밖에서 쏟아지고" 있는데도, 왜 우리 모두는 "재앙을 기다리는 사람들"(「거구」)이어야 하는가. 이러한 세계관은 시인의 내면을 점령한 체념이나 절망의 크기에 원인을 묻어둔 것이 아니라, 오로지 재난으로만 존재하는 삶, 재난 안에 거주하는 삶만이 유일한 현실이라는 관점에서 다시 세계를 구성해내고, 폐허의 지평 위로 모든 시선을 끌어내린 후에야 열리는 새로운 시야로 우리의 삶을 샅샅이 훑어내고자 한, 저 이지적인 각성에서 비롯된 것이다. 밝은 곳을 척도로 삼을 수 있듯, 어두운 곳을 출발선으로 세계를 다시 그려나갈 수도 있는 것이다. 김성규의 시에서 세계가 온전히 재앙으로 물든 사태처럼 그려진다고

해도, 우리는 그것을 비극적 세계관이나 비통해하는 비관주의의 소산이라고는 말할 수는 없다. 오히려 고통으로 살지 않으면 결코 열리지 않는 삶에 시시각각 도전하는, "상처를 벌리지 않고는"(「정원사」) 단 한순간도 주시할 수 없는 관점을 과감하게 차지하고서, 세계를 한번 더 궁굴리는 작업에 전념하고 있다고 해야 한다. 따라서 "눈이 녹으면 우리는 멸망한단다 눈을 뜨면 우리는 멸망한단다"(「만년설」), "겨울이 끝나고 다시 겨울이 시작되었네"(「얼음궁전」)라고 노래하는 시인이 제 어깨 위로 운명처럼 짊어진 것은 비관이나 허무로 부풀어오른 자루가 아니라, 폐허와 재난의 지평선 위에서 삶을 다시 구축해야 하는 저주받은 자의 책무인 것이다. 봄은 애당초 존재하지 않는 관념이며, 겨울이 끝나도 오로지 겨울만이 시작될 뿐이라는 식의 절망의 고백과도 닮아 있는 김성규의 시에서 살펴야 하는 것은, 재난만이 존재할 뿐인 삶이나 불행으로 점철된 암흑과도 같은 세계 그 자체가 아니라, 재앙과 불행을 삶의 근본적인 조건이자 토대로 삼아 모든 것을 재편하고자 할 때 열리게 되는 새로운 지점들, "재앙처럼, 축복처럼 눈송이가 쏟아져들어왔다"(「내일」)는 구절처럼, 상반되기에 서로 충돌하면서 풀려나오는 미지의 세계이다. "차라리 재앙이 계속되어야 해"라고 그가 채근할 때, "올라갈 곳은 없고 오직 떨어질 일만 남았"(「폭풍 속으로의 긴 여행」)다고 재난의 편에 서서 세계를 다시 그려보려 시도할 때, 바로 이때, "반짝이는 글자들이 재로 변해 쏟아지"(「열매나무」)기 시작하는 것이며, 지상의 불행과 가난, 세계의 재난과 비극을 밑천으로 삼아 지펴 올린 숭고한 시가 탄생하는 것이다.

희망의 제단을 쌓아올리는 대신, 김성규는 과거의 기억들을, 재난의 자격으로 존재하는 고통스러운 지상 위에 포개어, 파편처럼 흩뜨리는 작업에 착수한다. 고귀함과는 거리가 먼 상승들, 예컨대 "돼지비계처럼 떠다니는 구름과 시체의 얼굴로 부풀어오르는 달"과 같은 참혹한 풍경들이나 "뱀의 허물처럼 아이들의 꿈이 밤하늘에 떠다"(「동면, 폐정, 병이 최초로 발생한 곳」)니고 "구렁이의 등에 업혀 하늘로", "대기권을 뚫고 우주로 날아"(「구렁이를 타고 날아가는 아이들」)가는 이미지들은, 폐허 위에서 솟아나 이리저리 떠다니는 처참한 불꽃이며, 죽음을 무릅쓰고 대결에 임하는 검투사의 비장한 표정이자, 재난으로 소란해진 세상에서 힘겹게 피워올린 숭고이다.

아무도 장님인 저에게 돌을 던질 수는 없습죠 땅속으로 파고들어간 방 한 칸, 누가 뭐래도 이 방은 우리의 왕국입니다요 방바닥에는 분유통을 굴리고 노는 어린 동생들, 아무도 우리의 기쁨을 눈치챌 수 없게, 얼른 문을 닫으라고 어머니는 소리 질렀습죠 방 안 가득 꿈틀거리는

비린내를 배 터지도록 들이마시면

주홍빛 꽃송이가 쏟아지는 하늘, 난쟁이들과 춤을 추
는 동생들, 사과를 들고 계단을 오르는 처녀들, 안대를 벗
겨 내 눈동자에 새겨진 왕국을 하늘에 펼쳐주세요

안대를 풀자 배를 가른 어머니와 장님인 다섯 동생들,
웃으며 아무거나 해달라고 나에게 보챘습죠 눈 감아도
훤히 보이는 어둠 속에는 우리를 밟아줄 아무것도 없었
습니다요 차라리 장님으로 행복하게 살고 싶었습니다요
커튼을 열고 눈을 떴습죠

유리창으로 가늘고 가는 빛이 쏟아져들어와 눈을 찔렀
습죠 온몸에 숨어 있던 열기가 두 눈으로 쏟아져나왔습
죠 눈동자에 새겨진 왕국이 하늘로 솟아올랐습죠

흙으로 묻어놓은 입구를 따라 병든 쥐들이 인도하는
길을 걸으면 어머니는 간과 신장을 팔아 통증의 왕국을
선물하셨네 기억은 언제나 뒤엉켜 꿈을 꾼 흔적들, 천국
은 언제쯤 망가진 자들을 수거해가나 우리를 기다리는
고통이 있다면 누가 뭐래도 이곳은 우리의 왕국이라네
　　　　　　──「천국은 언제쯤 망가진 자들을 수거해가나」 부분

현실이 재난으로, 재난이 현실로 완벽하게 자리바꿈을 한 것일까? 재난이 현실이라면, 오히려 평화와 고요가 예외 상황이다. 현실과 재난이 서로 충돌하며 예기치 못한 일련의 이형(異形)의 형상이 시에서 빚어진다는 데 그 중요성이 놓여 있다. 그것은 우선, 노예나 다름없는 천박한 신분의 검투사가 목숨을 걸고 대결에 임할 때 그의 얼굴에서 솟아나는 광채와도 같이, 이질적인 두가지 요소가 몽따주처럼 하나로 포개어지며 촉발되는 예측 불가능한 사태나, 양쪽에서 잡아당기는 팽팽한 줄다리기처럼 차츰 고조되며 끝을 예고해오는 대결의 이미지로 나타난다. "땅속으로 파고 들어간 방 한 칸"의 저 가난으로 점철된 생활과 "하늘로 솟아"오르는 "왕국" 사이의 충돌, "장님"의 불행으로만 꿈꿔볼 수 있는 행복한 풍경들과 "안대를 풀자" 시야에 펼쳐지는 "배를 가른 어머니와 장님인 다섯 동생들" 사이에 잦아든 대결의 구도처럼, 김성규는 하나로 섞이기 어려운 두가지 이상의 모순 항들을 서로 이접시켜, 반대편으로 나아가려는 벡터의 향방을 충돌하는 대결처럼 마주 보게 거꾸로 돌려놓는다. "눈 감아도 훤히 보이는 어둠"이나 "망가진 자들을 수거"하는 "천국"처럼, 모순된 이물질의 결합으로 구성된 이 낯선 문장들은 합(合)의 도출을 낙관하는 것이 아니라, 정(正)과 반(反)의 거칠고 투박한 대립의 상태를 보존

하며 제시될 뿐이다. 알레고리적 충돌의 몽따주를 실험해 나가면서, 김성규는 하나의 항으로 나머지 하나를 부정하거나 종속시키는 것이 아니라, 양자 간에 긴장감을 최대한으로 고조시켜, 이분법 너머의 세계로 입회할 자그마한 통로 하나를 뚫어놓는다.

'죽이라'는 소멸의 명령과 살아 펄떡거리는 "김이 나는" 이미지를 나란히 붙인 "나를 죽이고 김이 나는 심장을 꺼내가"(「우는 심장」)나 이와 동일한 어법에 따른 "죽은 앵무새가 내 어깨에 앉아 노래했다"(「아직 완성되지 않은 시」), 환유를 통해 검은 것이 흰 것의 겹침을 만들어내는 "검은 구름이 마을을 향해 몰려왔어요/가까이서 보니 흰나비들이었어요"(「검은 구름 흰 날개」)나 전미래적 사유로 시간을 주관적으로 재편한 "내일이 오늘을 배웅하듯"(「자살하는 날의 아침」)과 같은 문장들처럼, 김성규는 모순되고 낯설게 두 구절을 겹쳐 포개는 방식의 글쓰기를 견지함으로써, 예측 불가능하고 "원형을 회복하지 못하"(「혈국(血國)」)는 기묘한 상황을 제 시에서 빚어내는 데 성공한다. 아비규환의 세계를 넘나드는 이야기 「구렁이를 타고 날아가는 아이들」이 아귀가 맞아떨어지지 않는 느낌을 주는 것도, 구성이 서툴기 때문이 아니라, 충돌과 모순에 맞추어 구절구절을 짜냈기 때문이다. 중간중간, 이탤릭체로 삽입해놓은 묵시록 같은 대목들이, 멸망을 예언하는 종말론적 비전에 힘을 실어주는 듯해도, "경찰"이나 '교회', "국가"나 "공권력"을 화자인 어린아이와 대비시켜, 오히려 "대공포"가 아이들의 순수함과 거꾸로 맞물리는 사태를 조장하는 데 크게 일조한다는 사실에 주목해야 한다. 김성규는 이 기묘하고도 불편한 충돌을 통해 최대치의 긴장감을 조성해낸다. 이 변증의 논법에서 최후의 승리는 합(合)이라는 조화로운 해결을 저버린, 충돌을 조장한 반(反)의 몫으로 남겨지며, 바로 이 충돌로부터 비극이라는 이름의 숭고가 탄생하는 것이다. 숭고는 예컨대 "주홍빛 꽃송이가 쏟아지는 하늘"의 전유물이 아니라, "병든 쥐들이 인도하는 길"을 따라 도달하게 될, 부정과 불행과 고통의 어법에 의지해 지상으로부터 힘겹게 끌어올린 상승의 운동인 것이다. 이 불길하고 축축한 상승의 기운은 비가시적인 것, 실현 불가능한 것, 미지의 무엇처럼 예측할 수 없는 것을 예견하고자 하는 예언자의 목소리에 감겨 울려나온다. 그의 묵시록적 담론은 따라서 지옥이라는 현실 위에서, 불길한 예언, 희망 없는 약속, 세계의 지리멸렬함을 노래하는 나팔일 수밖에 없다.

그 소리는 모든 종말의 순간에 울려퍼진다
그 소리는 죽은 자들을 일깨우며
그 소리는 황혼의 무덤 위에서
그 소리는 근육을 터뜨리고 망치를 들어올린다

그 소리는 피 묻은 대장장이의 손으로
그 소리는 모두를 불러모으고
그 소리는 고통 없이 심장을 뚫고
그 소리는 눈먼 자들을 주저앉히며
그 소리는 분노를 녹여
그 소리는 검은 땅에 패배의 씨앗을 흩뿌린다
—「쇠나팔」 부분

예언을 시작한 이래, 수백년 전의 것들부터 최근까지
보고 듣고 맛보았던 기억들이 솟구쳐올라
도시의 하늘에서 불발탄처럼 폭발했다
—「예언자」 부분

김성규가 펼쳐놓은 재난의 현실에 메시아는 도래하지 않을 것이다. 메시아는 폐허 위에서 살아야 하는 인간에게는 보잘것없는 존재이자, 재난의 세계에서는 너무나도 무능하고 또 허황된 존재이기 때문이다. "그 작은 신의 어깨는 너무 초라해서" 결국 "누구도 그를 두려워하지 않"(「군항제」)는 것이며, "내일은 분명 무슨 일이 일어나리라 무슨 일이 내일은 분명"(「내일」)이라고 기도하듯 반복해본들, 구원은 커녕 또다른 재난이 우리를 기다리고 있을 뿐이다. 오히려 그의 시는 처벌이라는 제의를 통해 "보고 듣고 맛보았던 기억들이 솟구쳐"오르는 순간을, 파편처럼 기술하는 데 전념하면서, 불모를 향한 열정 하나로 현실을 완전히 재편하는 데 착수한다. 불모를 향한 이 열정은 무목적성이나 허무라는 양날의 검을 움켜쥐는 것이 아니라, 오히려 성스러움의 지배나 파씨스트식 획일성, 진보의 신화나 이성의 횡포, 밝은 것을 가장한 모든 거짓을 거부하고 물리치는 강력한 힘을 만들어낸다고 해야 할 것이다. 그의 시가 재난 이후의 교훈에 붙들어매이거나 정화에 만족하지 않는 것은 재난의 관점에서 세계를 재현하고 있기 때문이다.

3. 악(惡)의 세계에서 피워올린 고통의 꽃

인간은 정육점에 걸려 있는 고깃덩어리만 못할 수 있다. 인간의 고매한 이성과 찬란한 정신으로 쌓아올린 현대의 문명과 그 문명 속의 도시도, 폐허에 다름 아닐 수 있다. 이 자본주의 사회에서 우리는 실로, 몇근의 고깃덩어리에 준하는 가치를 창출하며 살고 있는지 생각해봐야 할지도 모른다. 재난을 고증하고 파국의 불꽃으로 세계를 물들이는 김성규의 시를 읽다보면, 그 구절구절, 그 마디마디가 온몸을 속속들이 긁어내는 사포와도 같아, 정신이 갈기갈기 찢겨나가는 것 같은 느낌을 받는다. 무언가 달라지지 않고서는 결코 빠져나올 수 없는 말이기 때문인가? 자연이, 사물이, 동물이, 식물이, 지극히 일상적인 온갖 것들이, 죄다 공포의 대상으로 변하고, 고통과 병마에 시달리는 김성규의 시를 우리는 세상이라는 악에서 피워올린 고통의 꽃이라고 부를 수 있을 것이다.

> 타인을 만날 때마다 나는 도망쳐요
> 며칠을 앓고 나니 가슴에 불길이 타올라요
> 이것을 어떻게 *끄죠* 타오르는 불을 *끄기* 위해
> 독한 술을 들이마셔요 헛산 내 삶을
> 어떻게 꺼야 할까요
> 그들의 말 한마디가 나에게 와서
> 혈액 속에 꽃이 피듯 천천히 독으로 퍼져요
> 독을 뿜지 않기 위해 혓바닥을 입속에 말아넣어요
> (⋯)
> 타오르는 불길을 들이마시며 웃는 사람들
> 천천히 죽어가며,
> 눈물을 흘려 고통의 불을 꺼야 해요
> 가슴을 쳐 죄의 불을 꺼야 해요
> 술이 깰 때마다 종이에 흩어진 글자들을 보면
> 징그럽게 꿈틀거리는 내 손을 돌로 찧고 싶어요
> 책을 읽으며,

바닥을 기어다니며 우는 사람들
같은 종족을 확인하듯 흘끔거리며
그들 또한 이제 병으로 세월을 견뎌야겠죠
———「중독자」 부분

　"헛산 내 삶"에서 시인이 주시하는 것은 나-타자-세상에 깊숙이 각인된 "고통"이다. 고통과 맞서 싸우기 위해 그는 영벌받은 시인의 운명을 받아들인 것은 아닐까. 어둠의 편에 서서, 어둠으로 밝음을 비추는 일은 어떻게 완성을 바라볼 것인가. "독을 뿜지 않기 위해 헛바닥을 입속에 말아넣어"야 한다며, 속내로 웅얼거리는 그의 노래에서, 세월의 "병"과 "눈물을 흘려" 꺼야만 하는 "불"의 "고통"과 우리의 "죄"가 숭고의 꽃이 되어 세상에 피어오른다. 세상의 질병과 악행을 먹고 자라난 이 꽃이 형용할 수 없이 아름다운 것은 문명과 근대를 발가벗기고 그 권위를 탈취하는 비판의 꽃이자, 의식-문명-자본-근대가 규정할 수 없는 곳에서 무럭무럭 자라나고 화려하게 봉우리를 틔울 고통의 꽃이기 때문이다. 이 꽃은 그러니까, 세상이라는 악을 거름으로 삼아 피어난, 현대사회가 표현하지 않으며 표현하지 못하는 것을 벌써 주목하는 반성의 꽃이며, 현대사회가 성취할 수 없는 것들을, 피안으로 달음질치지 않고서, 현대사회의 지금-여기에서 주시하고자 싹을 틔워낸 예언의 꽃이다. 가마

우지가 되는 고통스러운 운명을 받아들이는 이유는 오로지
이 병과 재난과 고통과 어둠의 꽃을 세계에서 피워내기 위
해서이다.

　　죽은 물고기를 삼키는
　　두루미
　　목을 부르르 떤다

　　부리에서 삐져나온
　　푸른 낚싯줄
　　흘러내리는 핏물

　　목구멍에 걸린
　　바늘을 토해내려
　　날개를
　　터는 소리

　　한번 삼킨 것을
　　토해내기 위해
　　얇은 발자국 늪지에 남기며
　　걸어가는 길

살을 파고드는

석양을 바라보며

두루미가 운다

─「시인」전문

　보들레르가 「알바트로스」 같은 시에서 비유한 것도 이 가마우지와 같은 운명을 짊어지고 살아야만 하는, 저주받은 현대사회의 시인이었다. 거대한 몸통의 저 성스러운 창공의 왕자 알바트로스도 "갑판 위에 일단 잡아놓기만 하면" 천박한 뱃놈들의 놀림감이 되어 고통에 시달려야 했다면, "두루미"는 "한번 삼킨 것을/토해내기 위해" 제 목에서 피를 흘린다. "죽은 물고기"를 삼킨다고 말한 것은, 폐허라는 현실에서 무언가를 길어올려 자신의 심연에서 제 것으로 녹여낸 다음, 다시 토해내야만 시인의 자격으로 살아갈 수 있다고 생각하기 때문이다. 이렇게 그는 자신이 "쓴 시가 지나간 시간을 되살릴 수 없다는 것"(「혈국(血國)」)을 알고 있는 자이며, 그 사실을 알기 때문에 매일같이 영벌받은 자가 되어, 악행과 병마와 죄악같이, 세상에서 고통으로 존재하는 모든 것들을 삼키고 또 뱉어내야 한다고 여긴다. "이제까지 쓴 것들을 다 버리고 다시 써야 해"(「아직 완성되지 않은 시」)라고 자신을 다그치는 것은, 현실이 항상 다른 현실일 수밖에 없다는 인식, 이 다른 현실을 적어내기 위해 고통 속에서 살아야 한다고 믿기 때문이다.

　김성규의 시는 인간적인 요구에 응하고 정서적 순환에 의지하는 독서의 등가물을 만들어내는 것이 아니라, 삶에서 덤으로 내려 주어지는 미지의 무엇과 그 불꽃을 우리에게 투척한다. 젊다고 해야 할 시인이, 고통 속에서, 악의 틈바구니에서, 재난과 파국의 한복판에서, 처연하고 불운하며, 불길하고 비통한 시선으로 우리에게 던진, 이 숭고의 말은, 자기의 내부로 침잠하여 세상이라는 악과 맞서 싸우면서 힘겹게 발아한 고통의 꽃이자, 재난과 공포를 온몸으로 견뎌낸 자가 발화한 노래이기에 처음이자 최후인, 마지막이라서 시작인 말이다. 축복할 수 없는 이 세계에서 김성규는 제 자신을 처형하는 자, 자신에게 벌을 부여한 자가 되어 불행과 악과 병과 재난을 노래하지만, 그의 노래가 벌써 다른 현실을 예고하는 데 헌정된다는 사실을 우리는 모르지 않는다. 공포와 악과 재난에서 피워낸 그의 시는 지금-여기의 새로운 가능성을 궁리하는 데 없어서는 안될 소금과도 같은 것이다. 이 영벌받은 자의 노래를 들으며, 까마득한 심연의 구렁에서 차오르는 고통과 슬픔이 몹시 크다.

　　　　　　　　　　　　　　　趙在龍 | 문학평론가

　나의 존재가 누군가에게 선물이길 원했지만 그렇지 못했다는 것을 잘 안다. 하루하루 살아가는 것이 흙을 퍼먹는 기분이다. 나는 점점 힘을 잃어가고 있다. 그동안 시를 쓰며 과하게도 행운이 따랐다. 운 좋게 등단을 했고, 첫 시집을 냈고, 이제 두번째 시집이다. 주변에서 많이 도와주었고, 어떤 안쓰러움 때문이었겠지만, 앞으로 갚을 길이 없을 것 같아 늘 죄송하다. 요즘에는 나의 오만과 내가 저질렀던 죄들에 대해 생각한다. 스스로를 속이며 까닭 없이 타인을 미워한 시간들을 인정하기로 한다. 시가 없었다면 세상의 모든 것을 미워하며 살았으리라. 수많은 빛깔의 고통을 몰랐으리라. 시간을 함부로 소모하고, 견딘다는 것. 몸이 아파 누워 있다 창문을 열어보니 봄이 온 느낌이다. 오직 나만을 위해 살아온 세월이었다. 나의 행운도 다해가고 있다. 무슨 변명이 필요할까. 행운이 바닥나기 전에 가족과 지인들께 그리고 사랑하는 이에게 서둘러 용서의 말을 건넨다. 늘 죄스러운 마음으로 산다는 것을……

2013년 3월

김성규

창비시선 359

천국은 언제쯤 망가진 자들을 수거해가나

초판 1쇄 발행 / 2013년 3월 29일
초판 9쇄 발행 / 2024년 9월 6일

지은이 / 김성규
펴낸이 / 염종선
책임편집 / 전성이
펴낸곳 / (주)창비
등록 / 1986년 8월 5일 제85호
주소 / 10881 경기도 파주시 회동길 184
전화 / 031-955-3333
팩시밀리 / 영업 031-955-3399 편집 031-955-3400
홈페이지 / www.changbi.com
전자우편 / lit@changbi.com

ⓒ 김성규 2013
ISBN 978-89-364-2359-9 03810

* 이 책은 서울문화재단의 2009년도 문학창작활성화 지원금을 받았습니다.
* 이 책 내용의 전부 또는 일부를 재사용하려면
  반드시 저작권자와 창비 양측의 동의를 받아야 합니다.
* 책값은 뒤표지에 표시되어 있습니다.